情人节终章

素敵な日本人

[日] 东野圭吾 著

王蕴洁 译

素敵な日本人

目 CONTENTS 录

新年的决心
1
为什么像我们这种老老实实的人却要去死？这绝对有问题，太荒唐了。老公，我们要咬牙撑下去。从今以后，我们要比他们更不负责任，更轻松，更厚脸皮地活下去。

情人节终章
33
我想了很多，最后决定和你分手。谢谢你陪我的这段日子，祈祷你日后也能写出精彩的作品。再见。

今晚独过女儿节
65
三郎终于恍然大悟。真穗应该也看到了母亲的这一面，所以才说她并没有忍耐。真穗和加奈子一样，知道即使不忍耐，也能够克服困难，乐在其中的方法。

敬你的眼眸
95

也许她有过痛苦的过去。比如，一个人在不幸的家庭环境中长大，应该不想聊老家或家人的事。

希望她有朝一日愿意告诉我。我这么想。

出租婴儿
121

惠里确信珍珠一定被带来了这里。如果珍珠一直在购物中心内部，一定会有人看到它。歹徒在绑架珍珠后，一定会马上带珍珠来这里。绝对是这样的。

坏掉的手表
147

电子邮件最后写道："留下了翻找的痕迹也完全没问题。如果有值钱的东西，可以拿走。最好可以伪装成单纯的盗窃。同时要留下能够明确断定作案时间的线索。"

蓝宝石的奇迹
177

通常迷信都不可信,但蓝宝石的诅咒有明确的事件来佐证。几个丧命的饲主的情况都符合这个条件。没有丧命的饲主都在蓝宝石生第十七只小猫之前就收手了。

圣诞疑案
209

药效太猛了,就和之前听说的一样——黑须咽了一下口水。
他发现弥生还有呼吸,但只要不及时救她,她就会呼吸肌麻痹,然后死亡。

水晶佛珠
245

"你少天真了,并不是每个人都对自己目前的工作和地位感到满意,但还是努力从中发现生命的意义。"
"如果放弃梦想,生命还有什么意义?"

其实，每个人都是精致的利己主义者……

正月の決意

新年的决心

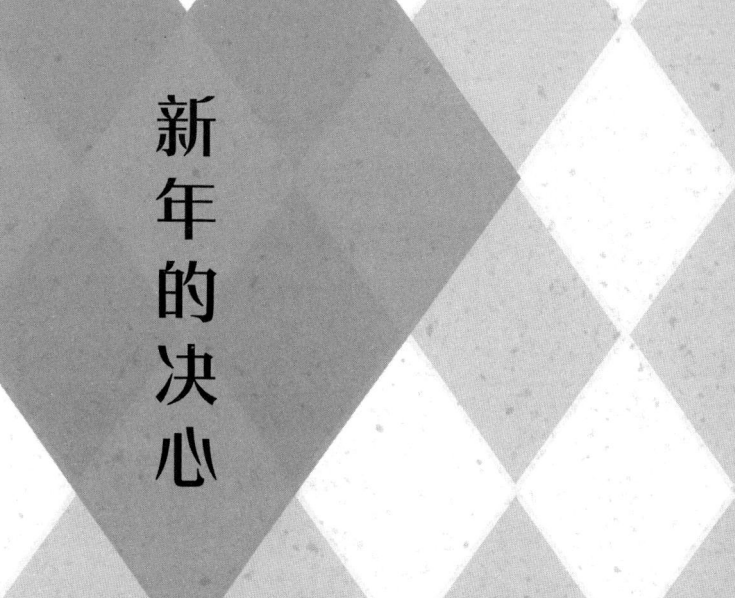

为什么像我们这种老老实实的人却要去死？这绝对有问题，太荒唐了。老公，我们要咬牙撑下去。从今以后，我们要比他们更不负责任，更轻松，更厚脸皮地活下去。

1

花足够的时间慢慢磨墨。砚台和墨条的摩擦声在六张榻榻米大的和室内扩散，让人完全听不到隔壁房间的动静。康代刚才在布置神龛，不知道现在结束了没有。

达之发现墨汁的颜色够浓郁后，停下手。他放下墨条，拿起毛笔，用笔尖蘸取墨汁，然后轻轻闭上了眼睛。他已经决定要写什么字。

深呼吸后，他睁开了眼睛，看着写书法专用的白色半纸，挺直身体，笔尖慢慢靠近半纸。

当情绪渐渐高涨时，他挥毫落笔。他写完两个字后，放下毛笔，仔细端详着。

达之认为自己写得很不错。他是书法二段，对写毛笔字颇有自信。

"好！"他小声说完，着手收拾写书法的工具。

康代正在隔壁房间把用来装供神酒的酒壶从盒子里拿出来。

矮桌上已经有两个酒杯，还有写了"屠苏"两个字的袋子。

屠苏散由红花、滨防风、苍术、陈皮、桔梗、丁香、山椒、茴香、甘草和桂皮等药草组成，加入酒和味醂之后，就是屠苏酒。

大年初一，新春试笔、喝屠苏酒是前岛家的惯例。当儿女成家立业，只剩下夫妻两人之后，这个惯例仍然没有改变。

"新春试笔还顺利吗？"康代问他。

"嗯，很顺利，等一下给你看。"

"真期待啊。"康代露出了微笑。

达之看了一眼墙上的时钟，快清晨六点了。

"差不多该出门了。"

"好啊。"

"要多穿点衣服，天气预报说元旦会冷。"

"哦，好啊，好啊。"

两人换好衣服后出门。天色还很暗，空气很冷，两人忍不住缩起围着围巾的脖子。康代穿了一件旧大衣，手肘的地方都是毛球。

他们要去附近的神社，已经连续好几年没去知名的神社了。他们觉得新年参拜只要拜本地的守护神就够了。

从中途开始，去神社就只剩一条笔直的路，路上完全没有行人。一方面是因为时间还早，另一方面是因为去本地神社参拜的人越来越少。本地神社举办的庙会也一年比一年冷清。所有偏远县、市的活力都一年不如一年。

神社的鸟居出现在前方。当时没有路灯，所以前方有些昏暗，人看不太清楚。

沿着石阶走上去，经过鸟居，前方就是神社的正殿。通往正殿的是一条碎石子路。

"哎哟！"康代叫了一声，"那是什么？"

"怎么了？"

"你看那里，看到了没有？就在功德箱前面。"

达之顺着康代所说的方向望去，也发现地上有什么东西。

他们走过去，终于看出那不是东西，而是一个人。不是有什么东西放在那里，而是一个人倒在地上。

"这个人是不是喝醉了？"

"也许吧。"

他们战战兢兢地走得更近，发现倒在地上的是一个男人，更奇怪的是，他只穿着内衣，没穿鞋。

"啊！"康代叫了起来，"这个人……这个人……"

"啊？"达之仔细打量那个男人的脸。倒地的瘦小男人年纪为七十五六岁。

"啊!"达之也叫了起来。

倒在地上的是这个町的町长。

2

附近派出所的年轻警察立刻飞奔而来。不一会儿,救护车就到了,救护员用担架把町长抬走了。达之向警察和救护员说明情况,他和太太两个人来这里新年参拜,看到町长倒在功德箱前——除此以外,他们一无所知。但是,警察和救护员都问达之相同的问题,为什么"尸体"只穿了内衣?达之只能回答不知道。

宫司可能听到了吵闹声,也走了出来。他皮肤黝黑,比起神官的打扮,他更适合穿高尔夫球衣。

年轻警察向他说明了情况。

"哦,原来这里发生了这种事。"宫司瞪大了眼睛,看着正殿。

不一会儿,几辆警车出现了。这时候已经聚集了不少围观的民众。警方在鸟居前拉起了封锁线，那些民众发出了不满的声音。

"什么意思啊，不让我们去神社做新年参拜吗？"

"警察太蛮横了。"

"哼！"宫司用鼻孔喷气，"说什么鬼话，这些人根本没打算来我们神社参拜。即使来参拜，他们也不会捐半日元。"

达之看着宫司的脸，他们四目相接。宫司不知道怎么回应达之的眼神，对他点了点头说："虔诚参拜的人越来越少，真的很伤脑筋。"

达之不知该如何回答，只能不置可否地"哦"了一声。

一个身穿西装的高大男人走向达之他们。

"你们是最先发现的人吗？"

"对。"

这个男人问了姓名、住址和电话，达之据实以告。接着，这个男人自我介绍，说他姓熊仓。达之从他的态度判断，他应该是指挥侦查工作的负责人，因为有人叫他课长。

熊仓问了他们发现时的情况，达之又重复了相同的话。熊仓听完后问："他为什么只穿内衣？"

"不知道。"达之偏着头回答，但内心有点生气。

他看向周围，发现那些刑警并没有开始搜索，好像只是因为被叫来，所以才来这里。有的刑警脸红红的，还不停地打呵欠，八成是喝了跨年酒，还没有很清醒，就被叫来这里了；也有刑警对着正殿用力地拍手参拜。

"既然要拜，就别忘了投钱啊。"宫司在达之身旁嘀咕。

"不好意思。"熊仓说完，拿出了手机。他似乎接到了电话。

"啊啊，是我。……哦，是吗？那就太好了。……啊？什么？……嗯？怎么回事？这是什么意思啊？……这还真麻烦啊，医生说什么？……啊？是这样吗？……好，那就这么办。……啊？真的假的？这可不太妙啊，果真如此的话，我们可办不了。真伤脑筋，大过年的。……好，我知道了。总之，会请鉴识课的人来看一下。"

熊仓把手机放回口袋后，叫了一声："喂，铃木。"刚才在拍手参拜的刑警走了过来。

"町长恢复意识了。"

"是吗？那不是很好吗？我们可以走了吗？"

"不行，据说他失去了记忆。"

"啊？"

"他说完全不记得发生了什么事，只记得和本地的支持者在居酒屋喝酒，之后就完全不记得了，所以目前已经派人去居酒屋了解情况了。"

"失去记忆了吗？"

"好像是这样的。还有一件麻烦的事，"熊仓皱着眉头，但说话完全没有压低声音，所以达之他们也都听到了，"他好像被人打到头了。"说完，他轻轻拍了拍自己的后脑勺。

"啊，不是跌倒了撞到的？"

熊仓仍然皱着眉头，摇了摇头。

"医生断言，町长是被人用钝器殴打的，而且是被用力殴打的，所以他的头盖骨上出现了裂缝。"

"啊？"铃木好像快哭出来了，"大过年的，竟然发生了杀人未遂这种事。我原本还打算去滑雪。"

"我也已经预约了温泉旅馆。总之，情况就是这样，我们要请局长下达指示，你打电话给局长吧。"

"啊？"铃木做出了到目前为止最大的反应，"要我打电话吗？大年初一打电话给局长，我一定会被他臭骂一顿。"

"有什么办法，要由局长决定要不要请求县警总部支援。如果是杀人未遂事件，搞不好会成立搜查总部。"

"真不希望成立搜查总部。"铃木露出窝囊的表情，拿出了手机。

3

达之和康代来到神社的社务办公室后,警方再度向他们了解当时的情况,但他们还是重复相同的话。

"请你们仔细回想一下,到神社之前有没有遇到谁?照理说,你们应该会遇到人啊。"

熊仓一直问相同的问题,但达之他们也只能回以相同的答案。

"我们完全没有遇到人,在从家里到神社的路上,没有见到半个人影。"

"但是,根据医院传回来的消息,町长遭到殴打的时间并不是很久之前,所以凶手从神社逃走的路上不可能没有遇到你们。到底是怎么回事?凶手到底是怎么逃走的?"

"会不会是他看到我们,然后就躲起来了?"

"嗯,"熊仓发出低吟,"但几乎没有地方可以躲啊,这里根本是鸟不生蛋的地方。"

"即使你这么说,我们没看到就是没看到啊。"

"嗯嗯，我知道。"熊仓抓抓额头，又小声地说，"如果你们也没有发现町长就好了。"

"啊？"达之问，"我们发现町长这事有问题吗？"

"啊，不是，绝对不是这个意思。"熊仓慌忙摇着双手，继续说，"如果不是你们及时发现，町长可能有生命危险，到时候就会变成杀人事件，事情会闹得更大，所以幸好你们发现了。对，当然是这样，而且你们还大力协助我们办案，我们真是感激不尽。"

达之叹了一口气。虽然发现町长这件事本身没有问题，但也许他们不应该继续留在这里。他猜想熊仓应该是这个意思。如果报案者离开，警方就无法向报案人了解情况，也就可以随心所欲地处理了。

铃木一脸愁容地从外面走了进来。

"怎么样？"熊仓问他，"有没有找到？"

"没有，"刑警铃木摇了摇头，"神社内没有。"

"你有没有仔细找，钝器包括很多东西，你有没有发现石头或棍子之类的东西？"

他们似乎在讨论凶器。刚才大批刑警要勘验现场，达之他们才会来到办公室。

"神社内都是碎石，我们没有发现可以作为钝器的大石头。至于棍子，只有神社后方有一把竹扫帚，即使用来打人，也不可能把头盖骨打出裂缝。"

熊仓听了铃木的回答，撇嘴说："那就没办法了。"

"刑警先生，请问一下，"达之对熊仓说，"我们什么时候可以离开？该说的我们已经都说完了。"

"不，可不可以请你再忍耐一下？我们分局的局长很快就到了。"

"局长……"

"你也知道，这是杀人未遂事件，而且是攻击町长的重大事件。我猜想局长应该会请求县警总部的支援，总部的人来这里后还是要向你们了解情况的。即使你们现在回去了，到时候还是要再来一趟。与其这样跑两趟，还不如继续留在这里，大家都比较轻松。"

"哦……"

只有你们比较轻松而已。达之很想这么说，但还是忍住了。

宫司端着放着茶杯的托盘走了出来。

"你们就坐着慢慢等吧，等勘验现场告一段落后，你们就可以先去进行新年参拜了。"

"嗯，真是个好主意，一定要参拜呀。"熊仓连续点了好几次头。

达之拿起茶杯喝了一口，忍不住吐出来。

"这是什么？这不是酒吗？"

"这可不是普通的酒，是供神的酒。来来来，不必客气，两位刑警先生也请喝一杯。"宫司一脸亲切地说。

"嗯，虽然还在工作，但既然是供神的酒，我们就不能拒绝了。"熊仓乐不可支地伸手拿起茶杯，铃木也眉开眼笑地喝了起来。

这时，一名年轻刑警走了进来报告："局长到了。"

"哦。"熊仓站了起来，铃木也立正站在那里。达之和康代互看了一眼之后，同时站了起来。

一名身穿制服的圆脸男人板着面孔走了进来，金框眼镜后面是一双惺忪睡眼。他巡视了办公室后，走到电暖器前，铃木立刻把铁管椅搬了过去。男人没有道谢，就一屁股坐了下来。

"呃，真冷啊。"

"先喝一杯。"宫司说着，把茶杯递给局长。局长接过茶杯，宫司立刻用小酒壶为他斟了酒。局长完全没有觉得有任何不对劲，一口喝下了酒，而后小声说："哦，身体暖和多了。"

"局长。"熊仓上前一步，达之猜想他打算马上报告案情。

"新年快乐。"达之猜错了，熊仓先向局长拜年。

"新年快乐。"铃木也跟着说道。

"嗯，嗯。"局长把没有拿杯子的手放在电暖器前，落落大方地点了点头，"新年快乐，今年也要好好加油。"

"是。"两名刑警异口同声地回答后坐了下来，达之他们也跟着坐了下来。宫司拿着托盘消失在后方。

"目前是什么情况？"局长问。

熊仓开始说明情况，局长听他说明，时不时看向达之和康代，但他看起来似乎没有太大的兴趣。

"情况就是这样。"熊仓说完了。

"哦。"局长抓着下巴，看着达之问，"是你们发现的吗？"

"对。"达之点了点头。

"这么大清早？"

"因为我们想去神社参拜。"

"新年参拜的话，不必来这种本地的神社吧？"

"这是我们每年的惯例，不好意思。"达之在说话时忽然发现自己也搞不懂自己为什么要道歉。

"嗯，"局长皱着眉头低吟着，"事情有点麻烦啊。"

"因为被害人是町长。"熊仓说。

"新年的这三天，我有很多行程，今天晚上还受邀参加商店街的春酒（新年会）。"

"哦，就是那个，"熊仓双眼发亮，"会有二十名左右穿着超短迷你裙的公关小姐来参加的。"

"不不不，那是以前的事了，现在有十个小姐来就很不错了。

毕竟到处都不景气。"

"即使这样，还是很令人羡慕。"

"如果不能去参加，不就一场空了吗？总不能通知县警，成立搜查总部之后，我自己一个人跑去参加宴会吧。"局长抓了抓眉毛上方，"町长说他什么都不记得了？"

"他只记得和本地的支持者一起在居酒屋。我们问了居酒屋里的人，证实了他的确在那里喝到凌晨一点左右，然后和支持者在店门口分手，一个人回家了。居酒屋就在离这里几百米远的地方，但他离开居酒屋之后的行踪无法确认。那名支持者有不在场证明。"

"真伤脑筋啊。"局长抓着脖颈后方，"我记得町长七十几岁了，都已经到喜寿的年纪了，竟然还喝到失去记忆。"

"不，根据医院回复的消息，町长并没有喝太多酒，是因为遭到殴打，才失去记忆的。"

"是这样啊，那为什么他只穿了内衣？"

"这也是很大的疑点。我们目前认为凶手脱掉了他的衣服的可能性最高。"

"有什么目的？"

"这……"熊仓偏着头。

"真伤脑筋，看来我们只能请县警总部派人来支援了。如果不赶快处理，事情就会被媒体发现的。他妈的，我只能放弃公关小姐了。虽然不知道哪个浑蛋是凶手，但为什么偏偏在这种时候惹是生非，难道连新年的三天假期也等不及吗？"局长一边转动着脖子，一边抱怨。

就在这时，熊仓的手机响起了铃声。

"是我。……啊？你说什么？……没搞错吧？……这样啊，好，那你就在附近挨家挨户查访。"他兴奋地说完后，挂了电话，对局长说，"我们找到了町长的衣服和鞋。"

"是吗？在哪里找到的？"

"在距离那家居酒屋数十米的公园内，据说衣物和鞋就藏在长椅后方。喂，铃木，你也去支援。"

"是。"铃木回答后就离开了。

"公园啊，为什么会在那种地方……"局长偏着头说。

"这意味着出现了新的可能性，"熊仓压低了声音，"之前一直以为神社是犯罪现场，但搞不好那个公园才是犯罪现场。町长离开居酒屋之后，在公园内遭人殴打后昏倒。这样也符合町长失忆的情况。"

"有道理。凶手在公园脱下町长的衣服后，再把他搬到这座神社。"

"没错，应该是想要混淆犯罪现场。凶手并没有想到町长会获救，然后恢复意识。"

"如果是这样，凶器也可能被丢在公园附近。"

"我同意，我马上派人搜索凶器。"熊仓说完，正准备拿起手机，手机铃声又响了。"我是熊仓，怎么了？……什么？……喂，果然……嗯……嗯……好，就朝这个方向侦办。另外，再找一下凶器。"挂上电话后，他看着局长说，"又掌握了新的线索。有人证实，昨晚在公园长椅附近曾经听到两个男人吵架的声音，听起来两个男人都上了年纪。"

局长探出身问："有没有看到脸？"

"可惜目击者没有看到脸，但据说其中一个男人是矮个子，另一个男人是高个子。矮个子应该就是町长。"

"好，那就找遍整个城镇，只要看到可疑的高个子，你们就先抓起来。"

"我知道，他们已经这么做了，但联络县警总部的事要怎么处理？"

"嗯。"局长抱着双臂，"以目前的情况来看，有可能很快就解决了。我可不希望联络县警总部，结果被他们抢走了功劳。观察一下，再做决定。"

"我也认为这样比较妥当，而且县警总部的搜查一课课长是出了名的死脑筋，坚持在没有十足的证据之前，就不能将嫌疑人移送到检方,这很可能会影响侦办案件的进度。"

"这可不行。好,那就先暂时不通知县警总部。"局长看着手表,"无论如何,我都希望在傍晚之前解决,这样就可以去参加春酒了。熊仓课长,如果在傍晚之前侦破案件,我就带你一起去。"

"真的吗?"熊仓听后双眼发亮。

"对,是真的,你可以看看性感的美腿,养养眼。"

"谢谢。"

"请问,"达之再度开了口,"既然不通知县警总部,我们就没必要继续留在这里了吧?"

熊仓和局长互看了一眼,随即转身背对着达之他们,窃窃私语,达之只听到"利用"这两个字。

之后,熊仓和局长再度转向达之他们。

"不好意思,可不可以请你们再稍坐片刻?"熊仓问。

"为什么?应该已经没我们的事了。"

"目前的情况并不是这样的,有一件事只能拜托两位。"

达之皱起了眉头问:"拜托?拜托我们什么?"

"这……到时候再告诉两位。"熊仓吞吞吐吐地说。

"没事,没事,不用担心,我们会尽量不造成两位的困扰。"局长露出了狡猾的笑容,之后对着后方叫了一声,"喂,宫司,酒已经喝完了吗?客人要续杯。"

"客人？"

"来了，来了。"宫司回答后出现了，托盘上放着酒壶，"让各位久等了。"

"不，我不喝了……"达之摆了摆手，但局长抓起酒壶，硬是把酒倒进了他的杯子。

"过年嘛，不用客气。反正这座神社的酒都是酒厂供奉的，你完全不必客气。"

"不，我并不是客气……"

这时，熊仓又接起了电话。

"是我。……什么？哦。他招供了吗？……嗯……嗯。……没关系，先把他带去分局，然后把他的照片寄过来。……嗯，那就拜托了。"熊仓啪嗒一声盖上了手机的盖子，看着局长说，"有一个可疑人物躺在车站的候车室长椅上，警察上前盘问，发现那是一个四十五岁的公司职员。他说和公司的同事一起喝到很晚，不知道什么时候喝醉了，他不记得和同事道别后的情况。"

"那个男人的体形如何？"局长问。

"身高一百八十厘米，高高瘦瘦。"

"看来是高个子嘛。"局长打着响指说，"就是他，一定是他。"

"我已经指示他们带他去分局，接下来只要让他招供，案子就解决了。"

"无论如何都要让他招供,用一点强硬的手段也无妨。"

"好,我会指示……哦,收到邮件了。"熊仓不熟练地操作着手机,"就是那个可疑人物的照片,嗯,看起来真的很可疑。"

局长也从一旁探头看着熊仓的手机,然后两个人互看了一眼,意味深长地点了点头。

"想请两位看一样东西,"熊仓把手机屏幕放在达之他们面前,"你们见过这个男人吗?"

手机屏幕上的是一个长脸的男人,应该是因为睡在候车室,所以他头发很凌乱。他的眼神空洞,完全没有霸气,嘴角旁有口水干掉的痕迹。达之看后就如实回答了自己完全没见过这个男人,身旁的康代也点头表示同意。

"真的吗?你们仔细看一下,会不会今天早上来这里的途中见过他呢?"

熊仓问的话让达之感到困惑。

"我刚才已经说了,我们没有遇到任何人。"

"我知道,但请你再仔细想一想,人的记忆很不可靠,也许只是你以为没有遇到任何人而已,其实曾经遇到过。"

达之和太太互看了一眼,偏着头说:"即使你这么说,我还是觉得没见过。"

"不,我是说——"

"由我来说吧，"局长说完，清了清嗓子，"你们刚才听了我们的对话，应该知道我们已经抓到像是凶手的人，但是那个人喝醉了，完全不记得自己做过的事。被害人町长也是相同的状态，这样根本没办法解决问题，为了让嫌犯能够招供，可不可以拜托两位协助？"

"什么意思？"

"就是啊，"局长压低了声音，"只要你说在神社附近看到一个很像那个男人的人，之后我们会妥善处理的，我可以保证绝对不会给你们添麻烦。"

达之终于了解了现在的状况。也就是说，他们希望他做伪证，让他们能够认定被带去分局的那个男人就是凶手。刚才听到的"利用"，原来就是指这件事。

"我拒绝。"达之斩钉截铁地说，"我不能陷害他人。"

"并不是陷害，只是唤醒醉鬼的记忆，反正他就是凶手。八成就是两个喝醉的人吵架，结果不小心打了起来。町长没有生命危险，那个男人不会有什么太大的罪行，怎么样？可不可以请你们协助？"

"不行，我不想说谎，而且，万一真凶是其他人，怎么办？如果有人想要谋害町长，这可是重大事件。"

局长用力叹了一口气，问："无论如何都不行吗？"

"不行。所以说，我相信事情现在已经和我们无关了，我们先告辞没有问题吧？"

熊仓看着局长，局长瘪着嘴，点点头说："那就没办法了。"

达之催促康代站起来。就在这时，局长的手机响起铃声。

"是我。什么事？我正在忙。……请警方协寻？不要为这种小事打电话给我。……什么？教育委员会的委员长？……嗯……嗯……是这样啊，我知道了，那就派人去了解一下情况。"

局长挂上电话后，熊仓问他："发生什么事了？"

"接到了教育委员会的委员长家属的电话，说委员长昨天深夜出门，和朋友去喝酒，到现在还没回家。"

"教育委员会的委员长？他到底去了哪里？"

"不知道，可能在哪里喝得不省人事吧。真是的，已经够忙了，那个高个子老头还来添乱。"局长咬牙切齿地说，突然瞪大了眼睛，似乎被自己说的话吓到了，他和熊仓互看一眼，接着说，"高个子……对啊，委员长虽然上了年纪，但个子很高。"

"他也很瘦，又认识町长。"

"町长被人殴打的同一天晚上，委员长也失踪了，这绝对不是巧合。好，向分局所有人发出指示，要倾全力把委员长找出来。"

"是。"

达之听着他们的对话，自己不想再与这些事有任何牵扯，就走了出去，但康代没有跟上来。康代站在那里，看着熊仓打电话。

"喂，你在干吗？走啊。"

康代没有回答，不一会儿，她向熊仓他们走近了一步："请问……"

已经打完电话的熊仓看着她问："什么事？"

"教育委员会的委员长是凶手吗？"康代问。

"目前还不知道，怎么了吗？"

"如果他是凶手，他把凶器藏在了哪里？又是怎么从这座神社逃走，却没有被我们看到呢？"

"目前我们正在被认为是犯罪现场的公园附近寻找凶器，至于他逃走时没有被你们看到，应该是有某些偶然的因素。"

"太太，你到底想说什么？"局长一脸不悦地问。

康代缩着肩膀，抬头看着他们说："我认为犯罪现场就是这座神社，并不是公园。"

局长露出讶异的表情问："你凭什么这么断言？既然这样，町长的衣服为什么会在公园里呢？"

"衣服应该是在公园时脱掉的，但犯罪现场并不是公园。町长是来这里之后被殴打的。"

"你凭什么这么断言？"

"因为他的脚底很脏。"康代说，"他的袜子脏了。如果有人把他搬来这里，他的袜子不会脏。町长是自己从公园走来这里的，而且没穿鞋。"

"他为什么要这么做？"

"这我就不知道了，也许是凶手威胁他这么做的。总之，如果不这么思考，就无法解释他脚底很脏的原因。"

局长和熊仓都没有说话，也许是因为他们想不出反驳的理由。

"但是，"熊仓又说，"神社周围并没有发现凶器。"

"我认为凶器还在凶手的手上，"康代说，"而且，如果凶手从神社逃走，我们一定会看到。既然我们没有看到，就代表凶手还没有逃走。"

"啊？"局长和熊仓同时叫了起来。

"还没有逃走？太太，你这是什么意思？"局长问。

"就是……"康代说，"就是凶手还在这里，还在这座神社的意思。"

"怎么可能?!"熊仓站了起来，"不可能有这么荒唐的事，这里我们全都找过了。"

"不，并不是全部，在开始搜索神社时，我们就来到了办公室，但你们还没有找过办公室，还没有找过办公室的后方。"

达之听到康代这句话，也忍不住惊讶地看向办公室后方的门。

宫司脸色苍白地站在那里。

4

委员长原来一直躲在办公室后方的储藏室内，窝藏他的宫司把警方侦查的状况告诉了他。

"我并没有打町长，那只是意外。"委员长坐在办公室正中央，气鼓鼓地说。以一个七十岁的人来说，他的确算是高高瘦瘦的。

"到底发生了什么事？你在除夕这天深夜出门，到底想去哪里？"熊仓问。

委员长板着脸，抱着双臂说："我不想说。"

"委员长……"熊仓露出失望的表情。

"只能坦白了，"宫司对委员长说，"你如果继续隐瞒，事情可能会闹大。"

"没错,还是老实告诉我们最妥当。"局长也说。

委员长撇着嘴,很不甘心地说:"就是去'伊吕波'啊。"

"'伊吕波'是指商店街角落那家小餐馆吗?"熊仓向他确认。

"对啊。"

"你为什么那么晚还去小餐馆?"

委员长再度闭口不语,宫司说:"去找老板娘。委员长最近迷上了那家小餐馆的老板娘。"

"老板娘?我记得她快六十岁了……"

"她才五十八而已,"委员长小声地说,"比我小一轮。"他的语气好像在质问别人"有什么意见吗?"。

"呃,所以,这和町长有什么关系?"熊谷刚说出了这个问题,就恍然大悟地看着委员长的脸,"町长该不会也对老板娘……"

"哼!"委员长用鼻孔喷气。

"那个老头太不自量力了,他都七十七岁了,都已经是七老八老的人了。"

委员长似乎认为七十岁还不算七老八老。

"所以,你们就在那家店里遇到了吗?"

"不是在店里,而是在店门口。我听说除夕这天晚上到第二天凌晨一点打烊,所以就赶打烊时间过去了,没想到看到那老头从相反的方向走了过来,居然还问我'委员长,你在打烊后才来,到底打什么主意',我就反问他'你自己在做什么白日梦?'。于是,我们决定去公园把话说清楚。"

"把话说清楚……怎么说清楚?"

"当然不可能决斗,所以我们决定用'福男'的方式。"

"福男?"

"你不知道西宫神社的这个仪式吗?就是一月十日开门的时候,男人赛跑,争先恐后地冲向正殿,获得第一名的男人就可以获得'福男'的称号。"

"赛跑?你们该不会赛跑吧?"

"町长说要用这个方式,谁先摇响正殿的铃就算谁赢。谁输了,谁就不可以再纠缠老板娘。我也是男人,当然不能退缩,最后我们决定从公园开始跑。没想到町长那家伙竟然开始脱衣服,还把皮鞋也脱了。他好像觉得这样可以跑得比较快。我就穿着这身衣服直接跑。我原本觉得不可能输给七十七岁的老头子,没想到……"委员长生气地咂着嘴,"开跑之后发现,那个老头子竟然很会跑,而且跑得很快。"

"我在报纸上看过,町长为了锻炼身体,每天都晨跑。"宫司说道。

"结果呢?"熊仓请委员长继续说。

"我也拼命跑,却追不上他。当我经过神社的鸟居时,町长已经到了正殿,正准备摇铃。我觉得这下子完了,这时刚好发生了意想不到的事。"

"发生了什么事?"

"铃掉下来了,正好砸中町长的脑袋。"

"铃?"

"好像是用来固定铃的挂钩脱落了,铃砸下来时发出了巨大的声响,町长昏了过去。这时,宫司出现了。"

熊仓看向宫司问:"你做了什么?"

"我对委员长说,这里我会处理,请他赶快离开。"

"没想到后来我没办法逃了。"委员长看着达之他们,"因为我看到了他们,所以只好躲去办公室。原本我打算找机会逃走……"

结果一直没机会。

刚才在搜索储藏室的铃木走出来说:"我发现了这个。"

他抱着一个巨大的铃,还有坏掉的挂钩和粗绳。

"对不起,我原本想说实话,但想到必须保护委员长的名誉……"宫司辩解着。

"还真会找理由。"达之在一旁听了很不以为然。宫司想要隐瞒的并不是委员长的丑闻，而是正殿的铃掉下来这件事。如果町长有什么三长两短，就会有人以神社的管理疏忽为由，追究宫司的责任。在场的所有人都了解这些内情，所以都不发一语地冷笑着。

熊仓拿着手机走了出去，办公室内充斥着凝重的沉默。达之错过了离开的时机，也有点不知所措。

熊仓走了回来。

"町长恢复记忆了。准确地说，他说失去记忆是假的，得知委员长说出一切后，他也就放弃编造假话了。"

"所以说，委员长说的……"局长问。

"几乎都是事实。"熊仓说，"但町长主张是他先看上老板娘，委员长想要横刀夺爱。"

"那个死老头说什么！"委员长怒目圆睁，"当初还是我告诉他那家小餐馆的呢！"

"好了，好了，这种事根本不重要，"熊仓一脸无奈地说，"局长，现在怎么办？町长不打算报警。"

"哼，那个老头子有老婆，他肯定不敢把事情闹大。"自己也有家室的委员长说。

局长看了宫司和委员长后，吐了一口气，说："就当作什么事也没发生，所有警员都撤退。"

"是。"熊仓无力地回答,"这下子可以去参加今晚的春酒了。"

"但是,"局长看着达之他们说,"这么一来,就变成没有人发现町长,也没有人报警……"

所有人都露出恳求的眼神看着达之和康代。

达之感到浑身无力。

"好,这样没问题,我们什么都没看到。"他无精打采地回答。

5

达之和康代回到家时,已经上午十点多了。这次的新年参拜太莫名其妙了。不,其实他们根本没有参拜,一直都待在办公室。

走进屋内,达之坐在坐垫上。他觉得累坏了。

"要不要泡茶?"康代问。

"不,现在不用。"

情人节终章

达之看向矮桌，发现屠苏酒已经准备好了。原本打算参拜回来后，两个人一起喝。

然而，这不是普通的屠苏酒，加在酒里的并不是屠苏散，而是氰化钾——那是达之从工厂拿回来的。

达之的工厂从去年秋天就歇业了，即使想要继续营运，也接不到生意，还欠了员工好几个月的薪水，他们根本无力偿还不断膨胀的债务，工厂很快就会倒闭。这栋房子也已经拿去抵押了，他们将无处可住。

多年来，他们都很认真地过日子，一直以来都很踏实。即使如此，人生也可能不顺利——他们终于了解到这件事。

他们在讨论之后，觉得真的已经无路可走了，认为只要自己死了，孩子就可以领到保险金。他们已经写好了遗书，希望孩子可以用这笔钱向那些被自己连累的人道歉。

他们没有丝毫的犹豫。正因为这样，达之和康代决定要像往年一样，完成新年的仪式。他们打算在新年参拜时，祈祷自己能够成佛，也为其他家人的幸福祈祷。

没想到，他们无法完成最后一次新年参拜。

"老公，"康代说，"那个可以给我看一下吗？"

"哪个？"

"新春试笔，你刚才不是说，等一下要给我看吗？"

"哦，对啊。"达之站了起来。

他们一起走进隔壁的房间，半纸上的字已经干了。两个人站在那里，低头看着上面写的字。

诚意

他们不发一语，看着那两个字，很久。

最后，康代开口："老公，我们不死了。"

达之看着妻子，从她的脸上感受到了某种决心。她的眼神好像已经看透了一切，整个人都放松了。

"那种不负责任的人竟然活得那么嚣张，那种笨蛋竟然可以当町长，当教育委员会的委员长，当分局的局长——"

"还有宫司……"

康代重重地点头。

"为什么像我们这种老老实实的人却要去死？这绝对有问题，太荒唐了。老公，我们要咬牙撑下去。从今以后，我们要比他们更不负责任，更轻松，更厚脸皮地活下去。"她说话的语气从来不曾这么坚定。

达之坐了起来，拿起半纸，再度打量自己写的字之后，说了声"我也有同感"。然后他就把半纸撕成了两半。

十年目のバレンタインデー

情人节

终章

我想了很多，最后决定和你分手。谢谢你陪我的这段日子，祈祷你日后也能写出精彩的作品。再见。

1

那家餐厅位于一栋有很多高级精品店入驻的大楼的一楼,因为入口开在中庭,所以外观看起来像是民宅。

推开装饰华丽的大门,一个戴着领结的男人站在门内,微微鞠躬,用沉稳的声音说:"欢迎光临。"

"津田的预约。"峰岸说。

"本店正恭候您的大驾光临。"

峰岸跟着男人走进餐厅。餐厅内有一整排四人座的桌子,只有两成左右的座位坐了人。虽说今天是情人节,但非假日的法国餐厅晚上可能也是这样有点冷清。

一个女人坐在角落的餐桌旁,一看到峰岸,立刻嫣然一笑。她是不是比以前瘦了?但标致的五官和以前一样,细长的眼睛多了几分成熟的味道。

峰岸看了一下手表,离约定的时间还有五分钟。

"让你久等了,我原本打算稍微早到,在这里等你。"

"是我来得太早了，你不必放在心上。"略带鼻音的说话声也一如当年，但她似乎比以前更有气质。

峰岸坐了下来，注视着津田知理子的脸，细细打量。

"你好。"

"你好，好久不见。"

"看起来你一切都好，真是太好了。"

"你也是。"

看起来像是调酒师的男人走了过来，问他们要喝什么餐前酒。

"喝香槟好吗？"知理子问。

"好，我也赞成。"

调酒师离开后，峰岸说："真是太惊讶了，完全没想到隔了这么多年，你会主动联络我。"

"对不起，是不是给你造成了困扰？"

"完全没这回事，"峰岸用力摇着头，"如果我觉得困扰，现在就不会坐在这里了。老实说，我很高兴。我一直很想见你，但因为联络不到你，所以只能作罢。"

"那就太好了。"知理子露出洁白的牙齿，"因为我一直很担心贸然约当红作家出来会很失礼。"

"当红？这是在讽刺有一年多没有推出新作品的作家吗？"

"你应该正在构思吧，真期待你的下一部作品。"

"你有看我的书？"

"当然，"知理子点了点头，"我看了你所有的作品。"

"那真是太荣幸了。"

调酒师送来了香槟。峰岸欣赏着无数气泡在琥珀色的液体中跳动，然后拿起了杯子说："庆祝我们多年后的重逢。"

"也要庆祝相隔十年的情人节。"知理子举杯和他碰了杯。

峰岸喝着香槟，用眼角瞄向知理子。她穿着藏青色洋装，身材看起来和十年前几乎一样，她才三十出头，正迈向女人真正的成熟期。

一个身穿黑衣的男人拿着菜单走了过来。

"你有没有什么不吃的东西？"知理子打开菜单后问峰岸。

"不，我不挑食。"

"那我来点菜，好吗？"

"当然没问题。"

"那……"她开始点菜。这家餐厅似乎有情人节特别套餐。

"今天晚上由我请客。"身穿黑衣的男人离开后，知理子说。

"不，那怎么好意思呢？"

"今晚是我约你的。"

"是的……好吧。"峰岸点了点头，"那我就不客气了。"

"嗯，完全不必客气。"峰岸发现知理子右侧耳朵上的耳环闪了一下。

峰岸喝着香槟，思考着吃完晚餐后知理子可能有什么打算。因为在吃饭时会喝葡萄酒，所以在离开餐厅时，二人可能已经有了几分醉意。那我就先邀她去酒吧坐一下，问题在于之后该怎么办。

"啊，对了，"知理子露出好像突然想起什么似的表情，从旁边的椅子上拿起一个小纸袋，"今天是情人节，我竟然忘了这么重要的事。这个给你。"她把纸袋递给峰岸。

"啊？这是什么？"峰岸虽然猜到纸袋里装了什么，但在接过来时还是假装大吃一惊。纸袋里装的是一个方形的礼盒和一个粉红色的信封，礼盒的包装纸上印了知名点心店的店名。他把礼盒拿了出来，说："好久没收到了。我已经不记得有几年没在情人节收到巧克力了。现在连人情巧克力也收不到，不过'人情巧克力'这个词也已经落伍了。"

"但正牌女友会送你吧？"

"正牌？你倒是想一想，如果我有正牌女友，今天晚上怎么会和你坐在这里呢？"

"所以，这代表今年没有？"

"去年也没有，前年和再前一年也没有。"峰岸注视着知理子的眼睛继续说，"和你分手之后，就从来没有收过任何人的巧克力，也没有在情人节送我巧克力的对象。"

"怎么可能？你在骗我吧？"

"我为什么要骗你？我说的是实话。"峰岸在说话时没有移开视线。

"哦，是这样啊。"知理子缓缓眨了眨眼睛，"那就姑且当作这样。"

"你在怀疑吗？那你过得如何？我以为你早就找到理想的对象嫁人了。"

"很遗憾，我也没有机会遇到理想的对象。"知理子耸了耸肩，"现在也是一个人，所以坐在这里和你见面。"

"是吗？对了，这里面好像还有信。"峰岸看着纸袋内说。

"信上写了我目前对你的感觉，是我这十年来的想法。"

"哦，听起来有点可怕啊。"峰岸伸手准备拿那封信。

"你现在不要看，我会很害羞，等一下再看，拜托。"

她双手合十说，语气中有一丝撒娇的感觉。

"好吧。"峰岸说完，把手从纸袋里拿出来，内心窃喜——今晚会是一个美好的夜晚。

2

峰岸在十年前认识了津田知理子。他在大学时代参加了一个社团，那个社团会在夏天举办各种海上活动，冬天举办各种冬季运动，所以很受欢迎。社团成员有很多，津田知理子正是峰岸在社团认识的学妹。

峰岸虽然已经毕业多年，但有时候会参加每年一度的校友会。虽说是校友会，但是大部分参加者都是社团目前的成员。峰岸参加的目的是看那些女生中有没有自己喜欢的类型，如果有，他就会主动上前与对方互留电话。

当然有顺利的时候，也有不顺利的时候。但是在那一年，峰岸小有自信，因为他在前一年获得了推理文学方面的新人奖，正式踏入文坛，成为作家。很多作家得了该奖后成为知名作家，很受瞩目。他猜想自己在校友会上会成为讨论的焦点。

但他实际参加校友会后，大失所望地发现并没有人热烈讨论他。他分析后认为并不是因为大家不知道他得奖的事，而是因为好像没人知道那个奖有多厉害，而且应该还有人心生嫉妒。

只有知理子主动接近他。她五官标致，整个人看起来很有气质，身材也很好。其实峰岸也早就注意到她了。

她知道峰岸得奖的事，双眼发亮地赞不绝口。一问之下他才知道，原来她很喜欢看推理小说。他们一拍即合，当场互留了电话，也约定了日后要再见面。

知理子之前就加入了这个社团，但她后来去了美国一年，在这段时间当然无法出席社团的活动。她也参加了前一年的校友会，只不过那一年峰岸刚好缺席。

之后，他们开始交往。峰岸觉得知理子没有男朋友简直就是奇迹，他相信一定有很多人追求知理子，但她应该看不上眼。

他的获奖作品引起了广泛的讨论，接着推出的第二部作品也很畅销。于是，峰岸辞职了，专心当作家，他有充足的时间和知理子约会。她每天上完课就去他家，为他下厨。两人吃完饭后，十之八九会上床，她有时候也会住在他家。峰岸经常搂着她，告诉她新小说的构思。

没想到这种甜蜜的生活会突然结束。有一天，他收到了知理子的电子邮件。"我想了很多，最后决定和你分手。谢谢你陪我的这段日子，祈祷你日后也能写出精彩的作品。再见。"

峰岸完全傻眼了。到底发生了什么事？

他完全无法接受，打电话给知理子，但知理子已经拒接他的电话。即使他传电子邮件给她，她也不回复。几天后，他发现她甚至把手机号注销了。

知理子之前独自住在女性专用的公寓，他曾经想过去公寓门前等她，或者去大学找她，但最后并没有付诸行动。虽然他无法放弃知理子，但他的自尊心不允许他去找她。更何况一旦被社会大众知道他跟踪的行为，以后书也会卖不出去。

峰岸完全不知道知理子之后的情况。他持续发表新作品，这奠定了他在文坛的地位。他曾经和几个女人交往，但因为他对结婚没有兴趣，所以最后都是对方离他而去。峰岸每次都没有任何留恋，只有知理子让他念念不忘。每次和交往的女人分手，他就会想起知理子，想她目前过得好不好。

上周，某家出版社转寄给他一封读者来信。责任编辑随信附了一张便条纸，上面写着"好像是你以前的朋友"。读者写给作家的信寄到出版社后，责任编辑通常都会看信的内容。

看到乳白色信封上写的寄信人的名字，峰岸忍不住激动起来，因为信封上写着"津田知理子"。

他兴奋地打开一看，知理子写了一手漂亮的字：

好久不见。不知道你还记得我吗？我是十年前曾经承蒙你照顾的津田知理子，我们参加了同一个社团，你是比我大八届的学长。

我很担心，你是不是至今仍然会对我当年失礼的行为感到生气。

我知道你目前在文坛的成就，你真的太厉害了，我这个学妹也觉得与有荣焉。

这次提笔写信的目的，就是希望能够见面好好聊一聊。我也希望有机会解释当年的事。如果你觉得时隔多年，不想再见面，我也会放弃。否则，是否可以请你拨冗见面？我知道你很忙，但我会静候佳音。

信末写了她的电话和电子邮箱。

他反复看了好几次信，每次都激动不已。知理子似乎期待和他再见面，他大概能够猜出其中的理由。知理子看到他成为一个成功的作家，应该很后悔当年分手的选择。

他立刻用电子邮件回复了她。没有打电话，是因为他觉得见面再谈比较好，更何况十年前她不告而别，他难免想要端端架子。

信已收到，只要时间不和我的既定行程冲突，见面也无妨。

他发送了这封内容冷淡的邮件。知理子立刻回复了，说无论什么时候、在什么地方见面都没关系，请务必安排时间见面。于是，峰岸在邮件上写了几个自己有空的时间，并说只要不离开东京，无论约在哪里都可以，请知理子安排见面的地点。

知理子很快就回邮件了，写了二月十四日的日期，并约定在都心一家法国餐厅见面。

正中下怀。他故意把情人节这一天也写进自己有空的日期中。如果知理子想重修旧好，她一定会选这一天。

3

"所以，我对那部作品震惊不已，你竟然能够想到这么有趣的情节。"知理子一边用刀叉吃着餐点，一边说。

"听你这么说，我真是太高兴了。那部算是我颇有自信的作品，话说回来，你真了解我的作品，真的全都看过了吗？"

"我不是一开始就说了吗？难道你以为我在说谎？"

"我以为你看了一两本而已，没想到你竟然全都看了。"峰岸微微欠了欠身，说，"谢谢。"

"我才要向你道谢，因为你让我乐在其中。"

"那我以后也要好好努力。"

今天的鱼料理是嫩煎泰国虾搭配干贝慕斯。峰岸把食物送进嘴里，不时喝着白葡萄酒。这里的菜很美味可口，刚才的开胃菜也令人惊艳。

"你经常来这家餐厅吗？"

知理子微微偏着头回答："没有经常，应该算是偶尔会来。"

"你选的这家餐厅太棒了，下次我也要带朋友来。"

"原来你也喜欢，真是太好了。"

"这家餐厅不便宜吧。你目前在做什么？一直聊我的小说，我完全不知道你的近况。"

"在公司上班，主要业务是人力派遣，被夹在不顾人死活的上司和不听话的下属中间，每天都累得像狗一样。"

"这样啊，不太能够想象，我还以为你会做更轻松的工作，像是当秘书，或在饭店工作。"

"不要用十年前的印象想象我目前的情况。"知理子皱了皱鼻梁说，"我有一件事很在意。"

"什么事？"

"就是《深海之门》，那部小说到底怎么了？"

"哦。"峰岸忍不住皱起了眉头，"你还真是哪壶不开提哪壶，让我想起了烦心的事。"

"那是烦心的事吗？我很好奇之后的发展。"

"你连那个也看了吗？那是在月刊杂志上连载的。"

"我不是说过，我看了你所有的作品吗，为什么连载到一半就停了？原本我以为你是因为生病了，但好像不是这么一回事。是不是有什么隐情？"

"不是什么大事，我只是想暂停一下，重新构思后半部分的故事。"

"是这样吗？但你之前从来没有出现这种情况吧？"

"那部作品有点特别，我一边写，一边思考故事的发展，但我是凡人，所以也会遇到瓶颈。"

"写作果然是辛苦的工作。"知理子叹了一口气，拿起酒杯。

她提到的那部连载小说，从去年春天开始连载，在秋天之前他还写得很顺，也努力想要写下去，但绞尽脑汁后仍然想不出之后的故事，最后只好暂停连载。他很不愿意提那部作品，在参加派对时也会尽可能避开负责那部作品的编辑。表面上是暂停连载，其实他打算彻底停载。

话说回来，知理子想聊这些事到什么时候？像这样聊他的作品，她就感到心满意足了？如果她是这样想的，那他就是在这里浪费时间，峰岸忍不住这么想。他认为至少必须问清楚她十年前为什么突然不告而别。

调酒师走过来，简单说明后把红葡萄酒倒进新的杯子。随后送上羔羊肉派。

知理子嘴角翘起，笑了起来。

"我真是太幸运了，应该没有哪个读者能够像我这样和作者一起吃饭，聊小说。"

"是吗？这不重要，差不多该聊聊你的事了。"

"真希望她，"她无视峰岸的话，注视着他，自顾自地说，"真希望她也能够体会一下。她也很喜欢小说，尤其是推理小说。"

"她？"

"藤村绘美，和我们加入同一个社团的藤村，我相信你应该见过她。"知理子用没有起伏的语气说。

藤村绘美——峰岸的脑海中浮现出这个名字，同时清楚地回想起一个女生的面容。他全身发烫，心跳加速。

"呃……"峰岸想把酒杯拿起来，但担心手会发抖，所以他并没有拿起来，"我不记得了，是个怎样的女生？"

"和我同龄,她在一年级时就加入了社团。我们是好朋友,经常一起玩。升入三年级前,我决定休学一年去美国,她还难过得哭了。她留着一头短发,个子很娇小,胸部大到超过 E 罩杯。你真的不记得她了吗?"

"不,我不记得有这个人,可能在校友会上见过。"峰岸故意偏着头说,但同时纳闷知理子为什么突然提起那个女生。

"她的确没有来参加我遇到你那一年的校友会,也没去前一年的校友会,因为那时候她已经不在人世了。"知理子好像宣告般说完这句话,用手上的刀子用力切着羔羊肉,接着说,"她在家里上吊了,把单杆伸缩衣架拉到最高,然后用绳子挂在上面……那是我回国前几个月发生的事。"

峰岸倒吸一口气。他确信知理子提起这件事绝非偶然,她说这件事显然有什么目的。既然这样,今晚的晚餐可能是出于这个目的而刻意安排的。

她到底有什么目的?

"你怎么了?不吃吗?很好吃啊,赶快趁热吃吧。"知理子说,她把肉一口接一口放进嘴里。

峰岸拿起刀叉,说:"我正想吃,但你开始说这种事,说有人死掉的事,害我失去食欲。"

"这种程度的事就让你失去食欲了吗?你写的故事不是更猛

吗？没想到你这么脆弱。"

"那些是虚构的故事。"峰岸用刀子切下派皮包着的羔羊肉，送进嘴里。如果什么都不想，他可能会觉得这道菜好吃得令人感动，但现在完全吃不出味道。他机械地咀嚼着，好不容易才咽下去。

"绘美最后一次参加校友会，是她读三年级的时候。那时候我在美国，你参加那次校友会了吧？社团的记录上有你的名字。"

"是这样吗？那我可能和她打过招呼。"

知理子心满意足地点了点头，露出严肃的表情："绘美在八个月后死了。"

峰岸喝了一口红酒，和嘴里的肉一起咽了下去。

"她竟然会自杀，可能是有很大的烦恼。"

知理子坐直了身体说："我刚才有说她是自杀吗？"

"你不是说她在家里上吊了吗？"

"警方的确认为她是自杀，也解剖了尸体。但你应该知道，以前曾经发生过多起伪装成上吊的谋杀案吧？"

"……你有什么根据认为她遭到谋杀？"

知理子注视着峰岸的脸，说："因为绘美没有自杀的动机。"

峰岸回答："这种事只有当事人知道吧。"

"绘美当时有男朋友，虽然她没有告诉我她男朋友的名字，但我从她发来的好几封电子邮件中都可以感受到她的幸福。她说和男朋友很有话聊,她的家人说她的男朋友甚至没有参加她的葬礼。你不觉得很奇怪吗?"

"她是不是被那个男朋友甩了,太受打击,所以才会自杀。这么一想,所有的事就能合理地解释了。"

"绘美没这么脆弱。"

"我不是说了吗,这种事,外人无法得知。"峰岸很不耐烦地尖声说道。他干咳了一下,小声地说:"对不起。"

知理子微微垂下双眼,点点头。

"是啊。我当时在美国,的确不了解绘美那时的状况,所以在回国之后,我努力搜集各种线索,也请她的家人给我看了她的所有遗物,还去找她的朋友,打听各种情况。"

"结果呢?"

知理子缓缓摇着头:"没有找到任何线索。我虽然找不到她自杀的动机,但也无法找到能够证明谋杀的证据。房间里完全没有打斗的痕迹,也没有被偷走任何东西。"

"所以,最后一无所获,真是太遗憾了。"峰岸把料理送进嘴里,他终于能够稍微从容地品尝料理的味道了。

"就这样过了一年多,我也渐渐忘了这件事,去参加社团的校友会时也能够发自内心地乐在其中了。遇到已经成为作家的学长，我更是乐不可支。"知理子说完，用意味深长的眼神看着峰岸。

"我终于在你的故事中出现了。"

"不久之后，我就和这位学长开始交往，每天都过得很开心。他善解人意，知识也很渊博，有时候会在床上告诉我他小说的构想。有一次，像往常一样听他说着新作品的构想，我有一种奇妙的感觉，因为我好像在哪里看过相同的故事。但我告诉自己，不可能有这种事，一定是我的错觉，所以当时并没有说什么。不久之后，我又突然想起这件事，觉得的确看过相同的小说，但并不是市面上的小说，而是打印的小说。那是一位业余作家创作的故事。这位业余作家就是绘美。没错，她之前也写小说，也想成为作家。"

4

调酒师走过来时没有发出任何声音，为峰岸的酒杯中倒了红葡萄酒就离开了，但是峰岸完全无意去拿酒杯。

"我忘了一件很重要的事,那就是绘美之前就在写小说。她告诉我,她从高中时就开始写小说,有长篇,也有短篇,还说有很多以后想要写成小说的构思。她说她觉得很害羞,所以之前从来没有向任何人提过,也没有给任何人看她的作品。我说很想看她写的小说,虽然她犹豫了一下,但后来说可以看一篇,就给我看了一篇短篇小说。我看完之后很惊讶,因为小说的内容太有趣了。那是关于一个女高中生的故事,那个女生每到满月的夜晚,就会忍不住说谎,结果谎言越来越大,最后引发了不可收拾的状况。"知理子一口气说到这里,看着峰岸说,"这个故事和那天晚上你告诉我的小说构想一模一样。"

峰岸想要吞口水,却发现自己口干舌燥。

"经常会发生不同人刚好想到相同故事的情况。"

"连情节和结局也都一样,这只是巧合而已?"

"并不是完全不可能。"

知理子摇了摇头:"如果两个作者完全没有交集,我或许会同意你的意见,问题是这两个人有交集,他们很可能曾经在参加校友会时见过面,你刚才也承认了这件事。既然这样,我就无法认为只是巧合而已。"

峰岸瞪着她问:"你到底想说什么?"

"虽然我刚才说,绘美的房间没有被偷走任何东西,但其实少了一件很重要的东西，那就是她从高中时代开始记录小说构思的笔记本。打印出来的小说也不见了，她写作用的电脑中也没有那些小说。我得知这件事后，想到了一个可怕的可能性。"知理子用力吸一口气，又吐出来，她的胸部缓缓起伏着，"那些东西都被凶手偷走了，凶手想要她的小说和她写着小说构思的笔记本，这就是绘美遭到杀害的原因。"

"你认为我是凶手吗？"

知理子没有回答他的问题，把刀叉一起放在盘子上。她不知道什么时候已经把肉都吃完了，但峰岸还有超过三分之一没吃完，但他无意继续吃了，所以也放下了刀叉。

"绘美在你获得新人奖的三周前遭到杀害。那时候，你应该已经知道自己投稿的作品进入了决赛。问题在于你投稿的是什么样的作品。根据我的推理，你投稿的作品应该也是绘美的。当然，她并不知道这件事。如此一想，你的动机就更加明确了。当初你抱着试试看的心情投稿，没想到作品竟然进入了决赛，你顿时乱了方寸。得奖当然是一件令人高兴的事，但这件事早晚会被绘美知道，她不可能默许你的行为，然而，你那时又没有勇气说实话，所以，对你来说，绘美非死不可。"

服务生走过来，收走了主菜的餐盘。

"我觉得，"峰岸说，"今天晚上来这里似乎是一个错误的决定，没想到你竟然和我扯这些无聊的事。虽然还没吃完，但我先告辞了。"

"只剩下甜点而已，不再坐一下？而且，你觉得我会不把这些话告诉别人吗？如果你有什么话要说，还是在这里说清楚比较好吧？"

峰岸原本已经站起来一半，听到知理子这么说，又坐下了。她说得没错。

"你有证据吗？你有可以证明是我杀了她的证据吗？"峰岸压低嗓门问。

知理子挑起眉毛说："她？你竟然称绘美为'她'，而不是说'那个女生'。你刚才不是说，不记得绘美吗？"

峰岸咬着嘴唇，皱着一张脸。他想要反驳，却想不到可以反驳的话。

"算了。"知理子说，"那时候我没有任何证据，但还有一线希望。那就是电脑，绘美生前用的那台电脑。虽然小说的文件全都被删除了，但我想到或许有办法可以恢复硬盘被删除的文件。"

"你……恢复了吗？"

"因为恢复需要很多步骤，所以过程很耗费时间。五年前，我才完全恢复了那些文件，所幸那些文件作为证据的价值相当高。"

"价值?"

峰岸皱起了眉头,此时甜点送了上来,是巧克力和黑樱桃的组合,巧克力做成了心形。

"从硬盘中恢复了六部长篇小说和九部短篇小说,还有许多小说的构思。其中一部短篇,就是你在床上告诉我的那个;另一部长篇和让你获得新人奖的作品几乎完全一致。我进一步详细调查后,发现你之前发表的所有作品,都是以绘美的作品或构思作为基础的,也有几部作品是将她原本的短篇延展、扩充后,变成长篇的,虽然成品的市场反馈并不理想。"

峰岸低头看着桌子,但他完全不想吃甜点。

知理子说的完全正确。

和知理子一样,藤村绘美也是他在社团的校友会上认识的。因为绘美是他喜欢的类型,所以他主动上前攀谈。绘美似乎也对他有好感,他们很快就开始交往。

交往后不久,峰岸惊讶地发现她想要当小说家,而他的志向也是想当小说家。当看了她称为习作的作品后,峰岸更加惊讶不已。

这是二十岁左右的小女生写的吗?峰岸感到惊愕。作品文笔很出彩,角色也充满了生命力,最重要的是故事很新颖、奇特,充满推理小说的魅力,而且几乎没有破绽,和他之前所写的作品简直有天壤之别。

有一次，他趁绘美洗澡时，把她存在电脑中的"习作文件"全都拷贝到自己的U盘里。当时他并没有多想，只是想在自己写小说时作为参考。

但是，回到家再看这些作品，他无法抵抗内心产生的诱惑。他想要用其中一部作品去投稿，参加新人奖评选。峰岸曾经多次投稿参加评选，但最多入围第一轮。

这种想法一天比一天强烈，他终于忍不住用绘美的一部作品去投稿了。他完全没想到作品会得奖，只是觉得如果能够进入第二轮，就可以向别人吹嘘了。

没想到投稿的作品竟然进入了决赛，打电话通知他的编辑说，他个人认为这部作品"是最有潜力的作品"。

峰岸慌了手脚。事到如今，他当然不可能说那不是他写的。

他用安眠药迷昏了绘美，用绳子勒住她的脖子，过程中几乎没有罪恶感。只要这个女人一死，她的习作就属于自己了——他满脑子只有这个想法。回想起来，也许他用U盘拷贝文件时，这个邪恶的想法就已经萌生。

他删除了绘美计算机中的所有文件，他认为只要警方以自杀处理，就不会有人想到恢复电脑中被删除的文件。

峰岸注视着知理子。无论如何，他都必须让这个女人闭嘴。

"很可惜，这无法成为证据。"

"为什么？"

"因为缺乏客观性，即使她的计算机中有和我的作品相似的文件，也无法证明那些文件是我偷的。搞不好是有人看了我的小说，把文件存进了那台电脑。"

知理子从容不迫地眯起眼睛。

"那台电脑中还有一篇短篇小说，成了你两年前发表的作品的基础。我刚才也说了，我是在五年前才终于恢复了那些被删除的文件。"

"五年前。都是你在说而已。"

"不光我。"

"难道还有其他证人吗？协助你恢复文件的人吗？如何证明你们没有串通呢？"

"鉴识人员才不会串通。"知理子一字一句地说。

"鉴识人员？"

她从旁边的皮包中拿出一沓资料，放在桌上。

"如果报告全部影印，数量会很惊人，所以我只带了一部分。这是鉴识课的报告，你看一下日期，是不是五年前？"

峰岸拿起资料，封面上写着"警视厅鉴识课"的文字，也有经办人盖章。

"这……是什么……?"

"我不是说了吗?是鉴识报告,上面记录了从藤村绘美的电脑恢复的文件资料。"

"你骗人。"

"为什么?"

"一般人怎么可能有这种东西?这是假的。"峰岸把资料丢在桌子上。

知理子叹了一口气:"你可以打开刚才那个盒子吗?"

"盒子?"

"装巧克力的盒子。"

"为什么?"

"你别问这么多,先打开看看。"

峰岸搞不清楚是什么状况,从纸袋里拿出方形的盒子。拆开包装纸,打开了几乎是正方形盒子的盖子。一看到里面的东西,他立刻慌了神,手一抖,纸盒掉在地上,原本装在里面的东西也掉了出来。

那是一副闪着银光的手铐。峰岸茫然地看向知理子,不知道她拿出了什么东西,过了好一会儿,峰岸才意识到那是警视厅的徽章。

"重新自我介绍一下。我是警视厅搜查一课的津田知理子。"

5

知理子捡起了地上的手铐，说："不好意思，这样做有点不够礼貌。"

峰岸说不出话。他觉得头脑一片混乱，完全无法思考。

"所以，"她拿起桌上的资料，继续说，"这些是真的，是经过正当的程序制作的资料，在法庭上也完全没有任何问题。"

峰岸茫然地看着她把资料放回皮包。

"没想到你会去当警察……"他终于发出了声音，"你刚才说在公司上班……负责人力派遣。"

"警察有时候会称自己的职场是'公司'，而且我的确负责人力派遣，像是查访或是跟踪监视。"

峰岸松了松领带，他觉得呼吸困难。

"警察，"知理子说，"是我从小就想要从事的职业之一，但关键还是绘美的事情，我希望可以亲自侦破这个案子。之所以花几年的时间才能恢复电脑中的文件，是因为我花了一点时间说服上司重启调查。虽然我在警察学校以第一名毕业了，但在刚进警视厅时，上司根本不重视我的意见，我也吃了不少苦头。"

知理子又说："可以把我一开始交给你的信也拿出来吗？"

峰岸默默从纸袋里拿出信封，她立刻抢了过去，从里面拿出一张折起的纸，然后摊开，出示在他面前。那是一张逮捕令。

"我要以你有杀害藤村绘美的嫌疑逮捕你。"知理子淡淡地说。

"等一下，我并不是凶手，我并没有杀绘美。"

"有什么话，去侦讯室再说。"

"你听我说，我的确偷了，我偷了绘美的作品，这件事我承认，我只是鬼迷心窍。我抱着好玩的心态去投稿，结果竟然得奖了，我不能半途而退。但事情只是这样而已，我并没有杀她。"

"你什么时候删除了她电脑中的文件？"

"在……事件发生之前。"

"绘美去世之前？如果电脑里的小说文件不见了，她一定会很焦虑。"

"我想她应该没有发现，反正我没杀她，也没有证据可以证明是我杀的，不是吗？"

知理子抱着双臂，注视着峰岸的双眼。

"我想问你一个问题,你能够凭自己的能力写小说吗?"

"当然可以啊。"峰岸不知道她为什么问这个问题,但还是回答了,"事实上,我也写了好几部小说。"

"这我知道,因为我看了你所有的作品。但是很遗憾,参考绘美的作品以外的小说,全都是失败作品,和她的作品有天壤之别。你自己应该也发现了吧?"

峰岸不知该如何回答。知理子说得没错。虽然他努力靠自己创作,但每次都不顺利,最近他已经完全失去了自信。

"你觉得我之前为什么没有找你?"知理子问,"五年前就已经恢复了文件,但我一直忍到今天,你知道是为什么吗?"

峰岸完全不知道,只能默默摇头。

"我在等待,等你把绘美的构思完全用完的时候。到时候,你就会动用那部小说,那部堪称禁忌的小说。"

"禁忌?"

"绘美在遇害时写的长篇小说,但是你不能用那部小说,因为那部长篇小说还没有完成。你不知道那部小说的结局,不知道绘美打算如何收尾,所以你之前一直没有使用。没想到去年春天接到了连载的工作,你在不得不写的时候终于用了那部小说。在开始连载时,你也许觉得自己有办法搞定,但这种想法太天真了。绘美写好的部分越来越少,你却想不出要如何接下去，最后你使出了绝招，就是停止连载。"知理子的眼睛似乎变亮了，"我当然是在说《深海之门》，就是你陷入瓶颈的连载小说。"

峰岸重重地叹了一口气。知理子全都说对了。

"这件事和那起事件有什么关系？"

"大有关系。在停止连载前，你所写的内容，刚好就是绘美的小说中断的地方。这意味着你知道她在这个世界上最后写下的内容。"

"这又——"峰岸原本想说"这又怎么样？"，但他随即发现其中的问题。他知道自己已经脸色发白。

"你好像终于知道我想说什么了，"知理子的嘴角露出微笑，"鉴识人员不仅恢复了电脑中的文件，还确认了文件的保存时间。绘美最后写那部未完成的小说的时间，就是她遇害的那天。应该是在等待心爱的男友来家里时，她坐在电脑前写小说。既然你知道他最后写的文件内容，就意味着你在那天去过她家。"

"即使去过她家……"

"难道你要坚称自己没有碰她吗？还是说，只是静静地看着她上吊？或者你到了她家，她已经上吊了？你没有动她的身体，就离开了她家？你可以祈祷法官相信你的这些说辞。"

峰岸忍不住站了起来，打算转身走向门口，但随即就僵在那

情人节终章

里。好几个男人包围了他,他们几乎都是刚才坐在周围的客人,还有刚才的调酒师。所有人都露出犀利的眼神看着他。

"这家餐厅是我爸爸开的,"峰岸背后传来知理子的声音,"虽然情人节的生意会很好,但我告诉他情况之后,他还是勉为其难地答应了。"

峰岸转过头问:"为什么要这么大费周章?"

"为什么?那还用问吗?因为我想要为这十年来的心情干杯庆祝啊,但是,对你来说这样不是也很好吗?从此以后,你不需要再为写不出小说而烦恼,也不用再假装自己是小说家了。你是不是觉得卸下了肩头的重担?"

峰岸无言以对。他的确因自己犯下的罪行曝光而感到绝望,但内心深处也确实有这种想法。

"把他带走。"知理子冷冷地说。

两个强壮的男人走到峰岸的两侧,抓住了他的手臂。峰岸立刻无法动弹。

"主任,你呢?"假扮成调酒师的男人问。

"我等一下再走,甜点还没吃呢。"知理子说完,把巧克力送进嘴里。

今夜は一人で雛祭り

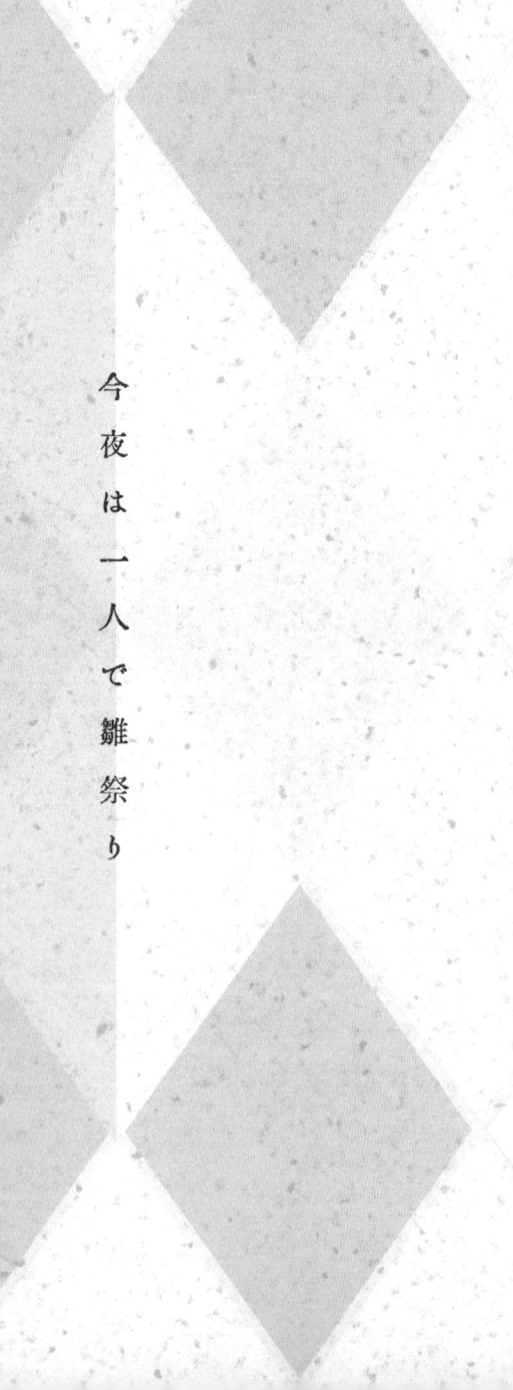

今晚独过女儿节

三郎终于恍然大悟。真穗应该也看到了母亲的这一面,所以才说她并没有忍耐。真穗和加奈子一样,知道即使不忍耐,也能够克服困难,乐在其中的方法。

1

三郎在晚上快十一点时才到家。因为他一个人住在独栋房屋里，所以没有一扇窗户透出一丝灯光，整栋房子都黑漆漆的。虽然每天都是这样的，但今天他觉得格外悲凉。他推开已经生锈的矮门，金属摩擦的声音听在耳里也让人觉得格外凄凉。

他回家后的第一件事，就是去卫生间洗手。女儿还小的时候，他们夫妻为了以身作则才这么做，日子一久，就养成了习惯。不知道是不是因为洗手，他从来没得过流行性感冒。

他解开领带，脱下上衣，在客厅的沙发上坐了下来，顿时觉得浑身的疲劳一下子冒出来了。他虽然很口渴，但懒得走去厨房拿饮料。

他叹了一口气，看着旁边的矮柜。照片中的加奈子满面笑容。举办葬礼时，他也用了这张照片作为遗像。

"你觉得怎么样？"三郎问人在天堂的妻子。

照片中的加奈子当然不可能回答，但他似乎听到她用独特而沉稳的关西话说："只要真穗愿意，就没问题啊。"

你很会忍耐，所以才能够和我那个老妈相处，但是，我不希望她也去忍耐——

三郎回顾着今晚发生的事。虽然这么做，可能只会让他更伤心，但他还是努力设法找出对女儿有利的点。

几个小时前，他和女儿真穗一起前往东京市内的高级日本餐厅，因为他们约了人在那里见面。对方不是别人，正是真穗的未婚夫木田修介及其父母。

老实说，三郎的心情很沉重。他在一家技术公司任职，没什么机会和第一次见面的人一起吃饭，所以不擅长应付这种场合，而且对方是即将成为女儿公婆的人，他当然会紧张不已。虽然他很不想去，也希望可以延期，但该来的还是来了。

更何况三郎对真穗结婚这件事也感到意外。假设真穗一辈子不嫁，恐怕他也很伤脑筋，但他一直以为那是以后的事，所以真穗第一次带修介来见他时，他也以为他们反正一两年之后就会分手，因为真穗以前交男朋友都是这样的。

没想到事与愿违。修介今年新年再次登门，突然说他们决定结婚了。三郎听了，喝到一半的啤酒也喷了出来。

听说，修介在圣诞节的晚上向真穗求婚，真穗当场答应了。但对三郎来说，这简直就是晴天霹雳。

然而，他想不到任何反对的理由，所以只能说"哦，是这样啊，那真是太好了"这种蠢话。他当时一心想着如果表现得很慌乱或紧张就糟了，但事后忍不住东想西想，越想越觉得有很多不满。

他是什么意思？什么叫"我们决定要结婚了"？！通常这种情况不是男方低头对家长说"请允许我们结婚"吗？他那句话根本不是请求，只是报告而已。他没把我放在眼里吗？真穗也脑子不清楚。她不是才二十几岁吗，虽然离三十岁只剩几年了，但还是二十几岁。无论是报刊还是网络，都说现在的年轻人都流行晚婚。二十多岁就结婚的女性不是越来越少吗？她为什么要急着结婚？三年前，加奈子因为蛛网膜下腔出血去世时，她不是还对着遗像说"如果爸爸有什么问题，我一定会照顾他，请妈妈不要担心"吗？难道那是说说而已吗？

三郎有很多话想说，却没有说出口。他发现说来说去，就是因为自己舍不得独生女出嫁。

结婚的事似乎很顺利。三郎直到最近才听说，真穗自大学毕业后，进入了一家出版社工作，上班时间很不规律，所以她在上班后就搬出去生活了。虽然她偶尔会打电话给三郎，但父女很少见面。

三郎对木田修介也不太了解，只知道他的老家在东北，他目前在东京的医院当实习医生。虽然真穗好像提过他家里的事，以及他就读的大学，但三郎当时完全没在意，就没记住。也许是因为突然听到真穗要结婚了，他才六神无主了。

所以，今天晚上去餐厅的路上，听真穗提到木田家的情况，他大惊失色。原来他们家经营一家在县内数一数二的综合医院，他的父亲担任院长。

"啊？他的家世这么显赫吗？"三郎忍不住停下了脚步。

"我没告诉过你吗？我记得说过啊。"

"我好像听过他爸爸也是医生……"

"等一下。"真穗说完，开始在手机屏幕上滑了几下，然后把手机屏幕对着三郎说，"就是这个。"

屏幕上是一个医院的网站。看到建筑的外观，三郎大惊失色。那不是普通的医院，而是大医院，而且在看到关联企业时，三郎更瞪大了眼睛。原来他们家还经营养老院和幼儿园。

"喂，这是怎么回事？他们家可是豪门啊。"

"嗯，好像是这样。我们公司有人和修介是同乡，他也知道木田这个姓氏，说在当地是很有名的望族。"真穗用很像母亲的沉稳语气说道。

"喂喂喂，你不要说得事不关己一样，我没想到他们家这么厉害。真伤脑筋啊，像我们这种穷人，根本高攀不上啊。"

"我们家是穷人吗？我觉得算是小康。"

"是跟他们家相比的意思。真伤脑筋啊。"

三郎越来越不想去了，但事到如今，总不能临阵脱逃，只能走向约定的餐厅。

三郎来到餐厅前，再度停下了脚步。那家餐厅是他以前从来没有踏进过的超高级餐厅，稳重的风格简直就像是历史剧中出现的场景。为什么偏偏选择这种餐厅？

"听说木田家的人来东京时经常来这家餐厅。"真穗说，"这家餐厅上一代的老板和他爷爷很熟。"

三郎叹了一口气。双方还没见面，他就已经被对方的气势吓到了。

和修介一起在餐厅等候的，是一个个子矮小却气定神闲，又很有威严的男人，以及五官为典型日本人的女人。三郎和女儿与修介一家人打完招呼后，也入了座。

他不太记得一开始聊了些什么。对方似乎问了三郎的工作和健康方面的情况，三郎也随口回答。真穗事后没说什么，想必他没讲出什么不得体的话。

木田夫妇的打扮令三郎印象深刻。木田先生身上那套合身的西装应该是定做的，布料有轻微柔和的光泽。太太穿的衬衫应该是蚕丝的，三郎忍不住为她担心，万一吃生鱼片时衣服上溅到酱油该怎么办。

晚餐吃到一半时,三郎终于能够镇定自若地聊天了。木田太太似乎察觉到了这一点,聊起了两个年轻人结婚的话题,问他对两个年轻人结婚之后的生活有什么想法。三郎搞不太懂她这句话的意思,回答说:"我想,由他们自己决定比较好。"

木田夫妇立刻眉开眼笑了。

"所以,亲家公也答应那件事了吗?"木田太太问。

"那件事?"

三郎偏着头,不知道她在说哪件事。

"呃,"真穗在一旁插嘴,"我还没有告诉爸爸具体的情况。"

"哎哟,这样啊,但你爸爸说由你们自己决定啊,对不对?"木田太太满面笑容地看着三郎。

"呃,请问是怎么回事?"三郎抓着头,笑着说。

木田太太对儿子说:"还是你们自己说吧。"

"好。"修介回答后,转头看着三郎。他接下来说的话,让三郎脑袋一片空白。

修介的实习期将结束,他们会在他实习期满后结婚。之后修介就会回老家,经营家里的医院工作。真穗当然也会和他一起去。

"啊?不,但是……"三郎看着真穗,"你的工作怎么办?"

"这……因为……"女儿吞吞吐吐。

"工作可能就没办法继续了,"木田太太笑着说,"总不可能每天上班,而且医生的工作很辛苦,还是需要有人照顾家里。"

"这样没问题吗?"三郎问真穗。

"嗯。"她点了点头,似乎觉得这也是无可奈何的事。

"老家那里,大家都引颈期盼你们回去呢。"木田先生说,"大家都说,希望修介赶快回医院,否则就无法安心,他们似乎觉得我已经来日不多了。"说完,他哈哈大笑起来。

虽然之后大家继续聊天,但三郎完全无法专心。真穗不只是结婚而已,还要搬去远方。这件事让他深受打击。

2

不,不是这样的。三郎喝着从冰箱里拿出来的罐装啤酒,摇了摇头。

他并不是因为真穗搬去远方这件事深受打击。虽然这件事令人遗憾,但如果这是她想要的结果,他也能够释怀。三郎内心之所以会有难以形容的不安，是因为他觉得这并不是真穗想要的结果。

真穗从小就喜欢看书，天气好的日子她也很少出门玩，通常都是在自己的房间里看书，所以她提出想要进出版社工作，三郎完全不感到意外。她以前就经常说她的梦想是制作很多很棒的书。

那个梦想呢？她已经放弃了吗？她之前不是经常说目前的工作很有趣，也很喜欢吗？就这样轻易放弃了吗？

三郎始终觉得，女儿是为了自己喜欢的男人而牺牲自己。修介是长子，所以必须继承家里的医院。三郎能够理解这件事，只不过他觉得没必要他们一结婚就马上回老家。他很想问难道没有其他可以考虑的方案吗？

三郎也很在意木田家是当地望族这件事。当晚餐结束，只剩他一个人时，三郎用手机查了木田家的信息，发现网络上有非常多关于他们家族的信息，当地企业有一大半都和他们家族有某种关系。

真穗一个人嫁去那里没问题吗？亲戚中应该有些嘴毒的人，会不会百般挑剔从东京嫁过来的长媳？

真穗算是一个文静的女孩子，个性不是那种想说什么就会直接说出口的，所以她一定会配合周围的人。如果只在短暂的时间内，问题当然不大，但一直过这种生活，她的精神压力不是很大吗？修介虽然是很有礼貌，品行也很端正的年轻人，但他会保护真穗吗？

三郎越想越郁闷，看着墙上的日历。二月即将结束，婚礼的日期尽管还没决定，但他们打算在秋天结婚。

新年才刚过没多久，竟然就快到三月了。这样看，转眼之间就是秋天了，然后真穗就要去远方。

他拿着啤酒，坐在沙发上，打量着冷清的室内，突然想到了雏人偶。那是真穗出生的第二年，三郎的母亲买给她的。在真穗读中学之前，每年都会把雏人偶摆在家里。

过了女儿节，如果不赶快把雏人偶收起来，女儿就会迟迟嫁不出去——真穗的母亲生前经常这么说。早知如此，真不应该这么快就把雏人偶收好。他想着这些无聊的事。

那些雏人偶放到哪里了？

不可能被丢掉。他记得在加奈子去世后，曾经在整理东西时看到过那些雏人偶。

三郎放下啤酒罐，站了起来，他的个性向来是想做什么就立刻付诸行动。

他打开壁橱上方的壁柜，看到一个熟悉的纸箱。纸箱上用马克笔写着"雏人偶"三个字。难得在找东西时一下子就找到了。

总共有两个纸箱,他全都搬去了客厅,擦去灰尘后,打开了盖子。雏人偶及其装饰都用纸逐个包了起来,数量相当惊人。他数了一下,光是雏人偶就有十五个。

三郎打量着这些雏人偶,突然心血来潮,想要把它们都摆出来。也许这样会让他心情好一些。

他首先组装了展示架——总共有五层,铺在展示架上的红布依然鲜艳。

接着,他拆开了包着雏人偶和装饰的纸,所有东西保存得都不差。

开始吧!

三郎想要把雏人偶放在展示架上,突然停下了手,因为他不知道该如何摆放。他翻看纸箱内部,没有找到像是说明书之类的东西。

他拍了一下大腿,站了起来。只要看相册就知道了。相册里有好几张女儿节拍的照片。

他从卧室拿了几本相册来到客厅,打开一看,发现全都是真穗的照片,几乎没有他们夫妻的合影。

真穗还是婴儿,但他们还是为她穿上了和服。后方有一面镜子,应该是为了让她可以看到自己的样子。真穗从懂事开始就很爱美。

三郎想到不妨看看每年女儿节拍的照片。每年的构图都大同小异，只有真穗的样子不断改变着。

三郎叹了一口气，忍不住想，原来还曾经有过这样的岁月，真希望时间可以停止。

他摇了摇头，重新开始摆放雏人偶。相册中也有只拍了雏人偶的照片。他参考照片，把雏人偶和装饰放在展示架上。不一会儿他就自然而然地想起了母亲，因为每年都是她负责摆放这些雏人偶。

三郎的母亲是个坚强的女人。因为父亲早逝，母亲必须边工作，边照顾孩子，但三郎从来没有听到母亲叫苦叫累。她对三郎也很严格，三郎只要在学校的成绩退步，就会挨她的骂；三郎和别人打架，哭着回家，反而被她赶出家门，因为她说"男人就应该以牙还牙"。

对加奈子来说，母亲当然也是一个严厉的婆婆。目前他和加奈子住的房子是父亲留下的，所以母亲认为那是"我的房子"。媳妇嫁进来之后，她也理所当然地认为一切必须按自己的规矩来。只要稍不满意，母亲就会严厉斥责加奈子。三郎好几次看到母亲说加奈子没煮好饭，命令她重煮。

三郎实在看不下去了，所以拜托母亲不要这么挑剔。母亲立刻怒目相向地问是不是加奈子说了什么。即使三郎澄清说不是,母亲仍然不相信,还骂他:"就是因为你这么护着她,她到现在才没办法成为像样的家庭主妇。"

无奈之下,三郎只好私下向加奈子道歉。他拜托加奈子:"虽然你应该很想搬出去住,但再忍耐一下。"

"不,我没事。"加奈子每次都微笑着点点头。幸亏她的个性很能忍耐,换成其他女人,一定早就向他提出离婚了。

母亲虽然很严厉,但对孙女宠爱有加。真穗不管说什么,她都一口答应。这套雏人偶也是因为母亲说"第一次过女儿节,当然不能摆那种小家子气的雏人偶",然后她就买了豪华的五层雏人偶回来。

三郎回想起母亲和真穗一起摆放雏人偶的身影,后来母亲被发现得了胰腺癌,已经无药可救,所以没看到孙女的成人典礼。

母亲去世后,照理说加奈子的心情应该轻松不少。事实上,她看起来也的确比以前快乐了。没想到这样的日子并没持续多久,她毫无预兆地病倒了,然后就离开了人世。

得知加奈子罹患了蛛网膜下腔出血,三郎的心情更加郁闷,因为他听说很多过度劳累的人会得这种病,通常认为压力是致病的原因之一。不难想象加奈子多年来应该都承受了很大的压力,如果真的是因为这样的压力,三郎也有责任。

正因为如此，他才更为真穗担心。原本真穗就是去一个人生地不熟的地方，再加上对方是望族，她的婚姻会受到很多人的瞩目，受到很多束缚，她必定会承受很大的精神压力。

真可怜，难道没有破解这种问题的方法吗？三郎知道想也没用，但他还是忍不住想。

终于，三郎几乎摆放完了，但发现缺一个配件。

照片上的天皇手上拿着细长形的牌子，但三郎怎么也找不到，也许遗失了。

算了。三郎打量着雏人偶，拿起了啤酒。啤酒已经不凉了。

3

几天后，三郎和真穗一起来到东京市内的某家饭店。这是真穗他们举办婚礼的候选饭店名单中的一家。今天这里举办婚宴试吃会，真穗希望三郎陪她一起去。她预约的时候本打算和修介一起来，但修介工作很忙，无论如何都抽不出空。

三郎听说可以吃法式料理的简易套餐，就一口答应了。想到已经好几年没有和真穗两个人单独吃饭,三郎不禁有点雀跃。

然而,到了饭店之后,他立刻感到失望,因为木田太太和真穗在一起。

木田太太说上次吃饭后听修介提到今天的试吃会,就决定和真穗一起来参加。

"为了让平时很照顾我们的宾客能够满心喜悦地祝福他们,菜肴当然很重要。年轻人不了解长辈的喜好,也容易疏忽一些细节问题。虽然我不想太干预他们,但这种细节必须严格把关。亲家公,你是不是也这样认为?"

木田太太口若悬河地说,三郎只能不置可否地回应"嗯,是啊"。他了解了真穗请自己来参加试吃会的用意,她一定觉得和未来的婆婆单独吃饭,气氛会很尴尬。

试吃会在饭店的宴会厅举行。宴会厅内摆放了圆桌,参加者都围坐在圆桌旁用餐,让人更容易想象婚宴的感觉。三郎巡视周围,发现有五十人左右参加这次试吃会。大部分当然是年轻人,有些人看起来像是他们的父母。得知自己这边不是唯一有家长陪同的,三郎暗自松了一口气。

不一会儿,菜就端了上来。第一道是开胃菜,餐盘是白色的,摆盘也很高雅。服务生用恭敬的语气说明了食材和烹饪方法。

"哦,看起来很好吃啊。"三郎拿起了刀叉。

"你刚才说是沙虾,"木田太太抬头看着服务生,"真的是沙虾吗?该不会是白虾吧?产地是哪里?"

"呃,"原本落落大方的服务生顿时局促不安起来,"不好意思,我去问一下。"说完他就快步离开了。

"哼!"木田太太用鼻子喷气,"最近有很多黑心食品,不能因为在高级饭店就大意。真穗,你是不是也这样认为?"

"对。"真穗点点头,看到木田太太开动之后,她才终于拿起刀叉。她似乎觉得不能先于未来的婆婆吃,所以一直在等她。

刚才的服务生回来了。

"让您久等了,我刚才向主厨确认了,沙虾的产地是佐贺的有明。主厨要我转告您这绝对是真正的沙虾,请安心食用。"

"是吗?我知道了。我原本还以为你能够马上答出产地这种问题。"木田太太边吃边说,表情冷漠得有点可怕。

"很抱歉,我以后会注意。"服务生深深地鞠了一躬。

"好,你去忙吧。"

"失礼了。"服务生转身离开了。三郎看着他的背影,觉得他一定感叹自己遇到了爱找麻烦的客人。

吃完开胃菜,木田太太从皮包里拿出了记事本和笔。

"虽然员工不怎么出色,但菜的味道倒还不错,餐具的品位一般。"她在说话的同时，在记事本上写了起来。她似乎在记录自己的评价。

之后，每上一道菜，她就自言自语着做记录，也经常问有关食材和烹饪方法的问题。刚才的服务生一脸紧张地回答她提出的问题。三郎猜想他应该事先背下了有关这些菜肴的知识，想到这里又忍不住觉得他很可怜。

木田太太不光挑剔菜肴和员工，还仔细观察周围的其他参加者。

"很多人都不懂得用餐礼仪，真不知道他们受的是怎样的教育。"她皱着眉头说。

三郎开始不安，不知道她是不是指桑骂槐地批评真穗。他从来没有教女儿用餐礼仪，因为他自己也不太了解。

最后是甜点和咖啡。吃完甜点，喝完咖啡，三郎喘了一口气。

"啊，真好吃。偶尔吃法国菜也不错。"

"还算凑合。"木田太太也眯起了眼睛，"也许可以算及格。"

"是吗？话说回来，亲家母对料理了如指掌，太让人佩服了。"三郎微微欠身说道。他不是挖苦，而是表达肺腑之言。

"也没有啦，还有待加强了解。"木田太太将视线移向真穗，"真穗，你从下个月开始也要好好努力。"

"好。"真穗回答。三郎来回看着她们的脸。

"呃，下个月是……？"

"料理学校啊。"真穗回答。

"呃，料理……"

结婚之后，妻子为丈夫下厨。这是理所当然的事，但三郎之前完全没有想到这件事。

"那是总部在巴黎的知名料理学校，在日本各地都有分校。"木田太太说，"我在嫁到木田家之前，也曾经去那里学做菜。"

"哦，原来是这样。"

"要在那里好好学，才能为全家人做好吃的菜，对不对？"

"对。"真穗回答。三郎看到女儿这么坚强，差一点流泪。

三郎了解到，刚才那个服务生的状况并非事不关己。真穗嫁到木田家之后，就必须扮演相同的角色，随时会被评头论足，随时会被打分数。不光木田太太，木田家所有亲戚都会看着真穗。三郎光是想象一下，就觉得快窒息了。

4

走出试吃会的宴会厅,木田太太要去厕所,三郎和真穗在大厅等她。

"真穗,你真的没问题吗?"

"你指什么?"

"你真的有办法胜任吗?有没有勉强自己?"

真穗嫣然一笑,说:"我才没有勉强自己。"

"但在那种人生地不熟的地方,被家世那么显赫的一大家子人……应该会很辛苦。"

"嗯,也许吧。"

"什么也许啊。"

"但你不用担心,我身上流着妈妈的血液。"

"所以很会忍耐吗?"

"忍耐?"真穗偏着头看三郎,看起来有些疑惑,随即呵呵笑了起来,"爸爸,你真的搞不清楚状况呀。"

"什么状况?"

"我想你应该是指妈妈和奶奶之间的事,但妈妈并没有忍耐。"

"是吗?你凭什么这么说?"

"因为我知道很多事啊。"

"很多事?"

"比如,"真穗指着三郎的背后说,"那个。"

三郎转头看向后方,那里摆放了巨大的雏人偶。

"雏人偶怎么了吗?"

"我们家以前不是也经常摆放吗?你还记得吗?"

"嗯,是啊。"三郎并没有告诉真穗,自己前几天把雏人偶拿出来了,"所以呢?"

真穗没有回答,露出了意味深长的笑容。不一会儿,三郎看到木田太太走了过来,忍不住着急起来。

"喂,到底是什么?赶快告诉我!"他小声催促着。

"其他的是秘密,你自己去想吧。"

"秘密……喂!"

"让你们久等了。"木田太太走过来时说道,看了看他们之后问真穗,"怎么了吗?"

"不,没事。我们正在说,这里的菜很好吃。"

"嗯，还算不差啦。"木田太太转头看着三郎，鞠着躬说，"今天谢谢你来陪我们。"

"不，我才要谢谢你。"三郎慌忙回答。

真穗要送木田太太去东京车站。三郎目送她们坐上出租车后，回到大厅，站在刚才的雏人偶前。

那是七层的豪华雏人偶，每个雏人偶及其装饰都很大。

"爸爸，你真的搞不清楚状况呀"——他很在意真穗刚才说的这句话。他想自己到底没搞清楚什么状况？

他端详了很久，仍然找不出答案。当他准备离开时，他突然发现了一个问题。他再度看着展示架。

果然没错。

三郎四处张望了一下，想看看旁边有没有人。一个身穿黑色套装的女人快步走过来问他："请问怎么了吗？"三郎看她胸前别着的名牌，她应该是饭店的人。她有一张小巧的嘴，很漂亮。

"这个花的位置是不是有问题？好像左右反了。"他指着从上面数下来第五层两侧的盆栽问道。左右两侧的盆栽放反了。

"您是说樱花树和橘树吗？"女人向三郎确认。

"对，樱花树不是应该在左侧，橘树在右侧吗？不是说'左近樱，右近橘'吗？京都皇宫的庭院内就是这样的配置，而雏人偶模仿了皇宫的配置。"这是三郎听母亲说的，前几天在摆设雏人偶时他想起这件事。母亲也对真穗说:"樱花树要放在左侧,橘树要放在右侧。"

"您说得对,所以这样设置是正确的。"

"但现在不是放反了吗?樱花树放在右侧。"三郎指着樱花树的盆栽说。

饭店的女性工作人员微笑着点了点头。

"这时候说的左右,不是我们所看到的左右,而是从皇宫看出来的左右。换一种方式表达,就是对雏人偶来说的左右。"

"啊?对雏人偶来说?"三郎转身背对着雏人偶的展示架,左右当然相反了。"啊,原来是这样。"

"其实经常有人搞错的。"

"我妈妈也搞错了,而且一直搞错,虽然已经一把年纪了。"

"也许和年龄没有关系,就连佐藤八郎也搞错了。"

"佐藤八郎?"

"不是有一首女儿节的歌很有名吗,佐藤八郎就是那首歌的作词人。"

"是这样啊。他怎么搞错了?"

"那首歌的第三段有一句歌词是'红脸的右大臣',你知道吗?就是这个雏人偶。"饭店的女性工作人员指着放在第四层右侧的雏人偶。雏人偶手持弓,背着箭,虽然留着白色的胡子,但脸有点红。

"那首歌哪里错了……啊!"三郎张开了口。

"您了解了吗?"

"因为左右相反,所以那不是右大臣,而是左大臣。"

"没错。我相信您看了就知道,右侧的雏人偶上了年纪,因为在那个时代,左侧比右侧的地位高。"

"是的,所以左大臣比右大臣的地位高。"

"没错,但如果要认真讨论,那个雏人偶其实并不是左大臣。"

三郎听了她的话,忍不住瞪大了眼睛,说:"啊?是这样吗?"

"请您仔细看一下,他手上不是拿着弓吗?他是负责警备的武官,比左大臣和右大臣的地位低。"

"原来是这样啊,我完全不知道。"

"现在因为那首歌太有名了,所以大家都称这些雏人偶为右大臣或左大臣。"女性工作人员笑着把视线移向上方,"其实,佐藤八郎还犯了一个大错误。"

"啊?是什么错误?"

"就是那句'天皇和皇后'的歌词,其实不应该这样写,正确的名称是男雏和女雏,两者合称内里雏。"

情人节终章

"哦，是这样啊。我第一次听说，之前一直以为是天皇和皇后。"

"歌曲的影响很广泛。听说佐藤八郎事后发现了自己犯下的错误，感到后悔不已，结果一辈子都讨厌那首歌。"

"是这样啊，虽然他很可怜，但这件事也很有趣。"三郎打量着男雏和女雏说道，然后发现了不太对劲的地方。

"咦？奇怪，你刚才说左侧比右侧的地位高，但男雏在我们看过去的左侧，对雏人偶来说，他在右侧。这是怎么回事？"

"您注意到重点了。"女性工作人员轻轻摇着右手，"您说得对，所以以前都将男雏放在左侧，目前像是京都等地仍然这么放。"

"为什么会换位置呢？"

"那是受到大正天皇的影响。日本最先举行婚礼的就是大正天皇，当时他站在右侧，听说之后雏人偶就开始这么摆。"

"原来是这样，你了解得真详细，简直就是雏人偶博士。"三郎注视着那个女性工作人员的脸说。

她苦笑着摆了摆手说："没这回事，我只是临时抱佛脚。每年到了这个时期，我就会复习一下。"

"即使这样，你也很厉害。顺便请教你一个问题，男雏手上拿的是什么？看起来像是细长形的牌子。"

"哦，那是笏。"

"护？"

她从口袋里拿出记事本，用圆珠笔写了起来。

"这样写。"

她在记事本上面写了"笏"这个字。

"据说以前朝廷的大臣在处理公务时，会在笏上面记事。其实就是便签。之后就用作了仪式的装饰。"

她的说明清楚明了，完全不像是临时抱佛脚。

"是这样啊。"三郎抬头看着男雏，觉得家里的雏人偶还是应该有笏。

5

三郎回家后洗完手，走进了客厅。他先确认了雏人偶，樱花树和橘树的盆栽果然和饭店的相反。

怎么回事？原来错了这么多年——

他立刻把两盆盆栽换了位置，又确认了左大臣和右大臣，和饭店的雏人偶不同，家里的这两个雏人偶没有太大的差别。

他看向男雏——果然没有拿笏，看起来就有点美中不足。

原本装雏人偶的纸箱还放在外面，三郎又检查了一次，发现有什么东西从原本包雏人偶的纸中掉了下来。他捡起来一看，那正是笏。前几天找了半天，他都没找到，没想到今晚一下子就找到了。

他拿起男雏，把笏塞进男雏的手里。雏人偶的右手上有一个让自己拿笏的洞，三郎只要把笏插进这个洞里就没问题了。

但是，笏塞不进洞里。三郎觉得奇怪，再次查看了手上的笏，终于了解了原因。笏上面不知道黏了什么东西，三郎仔细一看，发现那好像是黏胶。

这种地方为什么会有黏胶？

三郎又查看了一次雏人偶，发现雏人偶左手上也有黏胶的痕迹。这到底是怎么回事？

他回想着刚才那位女性工作人员的话，想看看其中有没有可以解开这个疑问的线索。

三郎突然灵光一闪。他拿起还没有收起来的相册，寻找女儿节的照片。

果然没错。每张照片上的男雏都是左手拿着笏。因为雏人偶原本的设计是右手拿笏，所以照片上的雏人偶看起来就很不对劲。也就是说，曾经有人用黏胶让男雏左手拿笏。

到底是谁？不可能是母亲，真穗也没有动机做这种事。由此可见，只有一个人。

三郎盘腿坐在雏人偶前，思考良久后，他终于忍不住笑了起来。

是啊，原来是这么一回事。

加奈子是在京都出生、长大的，她不可能不知道"左近樱，右近橘"这件事。她应该发现了三郎的母亲放雏人偶的位置有误，然而她并没有纠正婆婆。为什么呢？可能是不想让婆婆不开心，然而，她也许还有其他想法。

三郎继续翻着相册，发现了几张照片，更确信自己的想法无误。

每年的女儿节，真穗都盛装打扮后拍下了纪念照，其中必定有一张是站在镜子前拍的。仔细一看，三郎发现照片中有雏人偶。因为这样的照片是从镜子中反射的，所以左右刚好与现实中的相反。

因为相反，所以樱花树和橘树的位置正确，男雏和女雏的位置也相反。

"以前都将男雏放在左侧，目前像是京都等地仍然这么放"——三郎的耳边响起饭店那位女性工作人员说的话。

情人节终章

也许在真穗出生后的第一个女儿节，加奈子很想要摆设京都式的雏人偶，但三郎的母亲径自买了回来。而且母亲当然是买了关东式的雏人偶，男雏放在面对雏人偶时的左侧。

在摆设时，意想不到的事发生了。樱花树和橘树放反了。加奈子见状，猜想应该是婆婆搞错了。于是，她就用黏胶把男雏的笏换到了左手。这只是很微小的差异，三郎的母亲不会发现。

到了女儿节的当天，在庆祝之后，真穗就会拍照留念。但加奈子还有一个秘密的惯例。那就是让真穗站在镜子前拍照，镜子必须照到雏人偶，因为对加奈子来说，镜子中雏人偶的摆放才是正确的，这是她出生、长大的京都传统的雏人偶摆放方法。

看到孙女坐在自己买的雏人偶前，三郎的母亲一定感到心满意足，但加奈子看到这样的婆婆，或许在心里对她吐舌头。妈妈，你摆放的雏人偶左右相反了，镜子中的摆放方法才是正确的。

三郎看着客厅的矮柜，和相框中的加奈子四目相接。

"你还真有两下子。"他脱口说道。

真穗说的话在耳边响起。爸爸，你真的搞不清楚状况呀。

原来是这么一回事。三郎终于恍然大悟。真穗应该也看到了母亲的这一面,所以才说她并没有忍耐。真穗和加奈子一样,知道即使不忍耐,也能够克服困难,乐在其中的方法。

看来三郎不必担心了。

三郎起身去拿啤酒。他要开始单独过女儿节了。

君の瞳に乾杯

敬你的眼眸

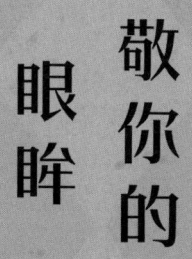

也许她有过痛苦的过去。比如,一个人在不幸的家庭环境中长大,应该不想聊老家或家人的事。希望她有朝一日愿意告诉我。我这么想。

1

不知道是不是因为这个周日难得晴朗的关系,场外的马票贩售站挤满了人。这栋漂亮的建筑物简直就像是哪里的时尚大楼,我忍不住想,看来日本中央赛马会赚了不少钱。只不过观察出入贩售站的人,我就不得不感叹岁月更迭,沧海桑田。现在我们可以在网上买马票,特地来这里买马票的人都是不上网的大叔、大婶,或是比他们更老的人,只不过从他们发亮的眼神中,我们丝毫感受不到岁月的痕迹——他们的眼神中充满了今天一定要大赚一票的气势。

我站在离拥挤的出入口有一段距离的地方,单手拿着赛马报。脚底有点痛,是因为球鞋底磨损了吗?这双鞋我已经穿了好几年。

我看到滨哥走了过来,瘦瘦的他穿了一套运动衣,背了一个有点脏的背包。稀疏的头发三七分,头顶如果被雨淋到,恐怕会惨不忍睹。

"小内,我刚才去买了马票,情况怎么样?"滨哥小声问道。他的大鼻孔露出一大撮鼻毛。

"我只买最有希望的那匹马,结果输惨了。"

呵呵呵呵,滨哥笑了起来。"那还真惨啊。"

"滨哥,你等一下要去哪里?"

"嗯,我打算去露天居酒屋看看。"滨哥右手拿着罐装啤酒,说,"小内,你呢?"

"我在这里坚持一下。"

"这样啊,那就加油喽。一会儿见。"滨哥挥着右手走远了。

我再度看向场外的马票贩售站,还是有人不断进进出出。看着每跑完一次,他们脸上或喜或忧的表情,这简直就像电视剧。

"嘿,内村!"旁边突然有一个声音叫我。我转头一看,那是一个身穿polo衫、体格健壮的男人。

"哦!"我的身体忍不住向后仰。他姓柳田,是我的大学同学,毕业之后我们就没见过,也就是说已经六年没见了。"好久不见啊,你在这里干吗?"

柳田听到我的问题,苦笑着说:"我还想这么问你呢。我和朋友有约,中途经过这里,结果发现有一个人很像你。仔细一看,果然就是你。你一个人在这里干吗?"

"还问我干吗,你看了不就知道了吗?"我举起赛马报。

柳田皱着眉头问:"你迷上这种东西?你刚才和一个奇怪的大叔说话,他是你的朋友?"

原来柳田刚才看到了我和滨哥说话。

"他是这里的常客,我来了几次之后就和他混熟了。"

"来了几次?难道你没有其他地方可去吗?"

"不,也常去柏青哥[1]店。"

柳田做出腿软的动作。"你还好吗?天气这么好的周日,一个快三十岁的男人在这里干吗啊?你以前读书的时候从来不赌博啊。"

"嗯,好像是。"我抓了抓头。这句话太刺耳了。

"你目前在做什么工作?毕业后应该有找工作吧?"柳田看着我的头问。他之所以会露出狐疑的表情,是因为我染了一头浅棕色的头发。

"有啊,我在与广告相关的公司上班。"

"是这样啊。具体做什么工作?"

"专门做类似市场调查的工作,像是在马路上做问卷调查。"

"哦,没想到你做这么不起眼的工作。"柳田在说话时似乎有

---

[1] 日本的一种弹珠游戏机。——编者

点高兴，也许他听到广告业，以为是什么光鲜的工作。

"这个世界上有一大半工作都很不起眼。"我说。

"也许吧——啊，对了，"柳田好像想起了什么事，"你还是单身吧？"

"很抱歉。"

"有女朋友吗？"

"如果有，我就不会在天气这么好的周日来这种地方了。"

"那倒是。刚好下周有联谊，你要不要来？"

"啊？联谊？"我瞪大了眼睛。

"对方都是模特，有个原本说好要来的人来不了，我正在烦恼，不知道该邀请谁。虽然有很多候补人选，但如果是同一个圈子的人，约了这个不约那个，事后不是会很麻烦吗？如果邀请好久不见的老同学，就不会有任何人说闲话了。"

柳田冷漠的脸好像突然发出神圣的光芒。

"什么时候？"

"下周二，在六本木。"

下一刹那，我紧紧握住了柳田的手。

"太棒了，我有空，我一定到！"我双眼露出充满真诚的神色。我没有女朋友已经快八年了。

2

那家泰国餐厅位于六本木十字路口附近一栋五层大楼的五楼，店内很宽敞，有很多大桌子。柳田他们坐在最后面。包括柳田在内，总共有四个人。

柳田把另外三个人介绍给我认识。他们的职业各不相同，但因为都是职业足球联赛的球迷而相识。我向他们打招呼，观察他们的脸。虽然他们不算冷漠，但对我也没有太大的兴趣。这也很正常，他们来这里的目的并不是要见我这个一头棕发的男人。

联谊的五个女生很快就到了。她们穿着色彩缤纷的衣服，现场的气氛顿时热闹起来。而且她们都是模特，人都很漂亮，身材也超好。

坐在我对面的女生在五个人中身材最娇小，身高也许比一般女生的平均身高还矮。原本我以为模特都很高，看来模特也有不同身材的。

她的眼妆最令我印象深刻，她的眼珠子是棕色的，应该是因为她戴了彩色隐形眼镜，而且是镜片直径比较大的。虽然有些人戴大直径的彩色隐形眼镜后看起来像外星人，但我眼前这个女生戴起来很好看。无论是圆润的脸颊，还是丰满的厚唇，都让她看起来像是动漫中的美少女，她完全是我喜欢的类型。

我盯着她看，没想到突然和她四目相交。我原本以为她会露出不悦的表情，没想到她对我嫣然一笑，这让我雀跃不已。

倒上生啤酒，大家干杯后，在柳田的主持下，大家开始自我介绍。男生先进行自我介绍。有人成功地用事先准备好的笑话引起大家大笑，也有人想要搞笑，反而让气氛变得很尴尬。我简短地介绍了自己。其实我不擅长谈自己的事，所以并没有炒热气氛，但好在也没把气氛搞僵。

接着轮到女生自我介绍。她们虽然是模特，但并没有上过电视，所以口才并不好，打招呼的态度也很冷淡。也许她们很有自信地认为，自己的优点不是谈吐，而是美貌。

轮到我对面的女生了。她名叫桃华，是爱知县人，今年二十四岁，兴趣是看动漫。我听了忍不住激动起来，因为我也超爱看动漫。

知道彼此的名字后，大家开始自由交谈，但还是由柳田主持。他好像电视上的节目主持人，逐一向女生发问，或吐槽男生的发言。我想起他学生时代就很有这方面的才华。

桃华似乎对男生们没什么兴趣，一直和身旁的麻理奈聊天。麻理奈和另外三个女生也很熟，但桃华似乎和另外三个女生不太熟，看起来有点孤单。

"请问，"我鼓起勇气问她，"你喜欢哪一部动漫？"

桃华转头看着我。

"恋爱类的动漫，你喜欢吗？"我继续问。

她毫不犹豫地回答："恋爱类的也很喜欢，但其实所有动漫都喜欢，运动类的也喜欢。"

"哦。运动类的话，最近的《黑子的篮球》就很不错。"

"《黑子的篮球》真的很棒。"她笑起来脸上有一个酒窝。

"既然说到'黑'字，另一部《黑执事》呢？"

"我超喜欢。"桃华激动地双手握拳，"塞巴斯蒂安太棒了。"她提到了那部动漫中主角的名字。

"那从电玩发展出来的动漫呢？"

"我也很喜欢，像是'女神异闻录'系列的。"

"我去电影院看了'女神异闻录'系列的电影，但我更喜欢《真实之泪》。"

"嗯，那部很不错，和电玩比，只有名字相同，但剧情完全不一样。"

"那才好啊。"

"我也有同感。那你看过《命运石之门》吗?"

"当然,喜欢动漫的人绝对不能错过这部。"

"就是啊!"她双眼发亮。

"喂,你们在聊什么啊?"柳田问道。

我抬头一看,见所有人都看着我们。我们似乎聊得太大声了。

当我告诉柳田,我们在聊动漫时,他无力地垂下脑袋说:"哦,好吧。我们好像插不上嘴,你们自己聊吧,但小声一点。"

"好。"

获得主持人的同意后,我们大聊特聊起来。换地方续摊后,我们也一样,在走出续摊那家店时,我完全没有和其他女生聊天。桃华应该也没有和我以外的男生聊天。

在临别时,我们互留了电话。我觉得快乐的未来在等待我,忍不住一路蹦跳着回家。

3

联谊过了一周后,我和桃华约在市中心的一家大阪烧餐厅见面。我发了短信约她见面,她回复没问题。

她今天也戴了会放大瞳孔的彩色隐形眼镜,像动漫角色般的彩妆依旧让她美得无懈可击。我忍不住自恋地想,她是不是故意迎合我。

上次从头到尾都在聊动漫,我几乎没问她的事。我打算今晚好好了解她。

先问工作。我问她最近做了什么方面的模特工作。

"啊,那是骗人的。"她很干脆地说。

"啊?什么是骗人的?"

"哦,不对,并不是所有人都是骗人的,除了我以外,其他人应该真的是模特,只有我不是。不是有一个女生叫麻理奈吗?我是因为她临时拜托,才会去那天的联谊。大家也懒得解释,当时就说我也是模特。"

说完之后,她又补充道:"怎么可能有这么矮的模特。"

"原来是这样啊。所以你做什么工作?"

桃华喝了一大口生啤酒后,简短地回答说:"酒店。"

"哦。"我点了点头。她似乎在酒店上班。

"你很失望吗?"

"不,没这回事。我偶尔也会去啊。"

"麻理奈也和我在同一家店上班,她说光接模特的工作没办法养活自己,其他三个人好像也差不多。"

"哦,果然不轻松啊。所以,地点在哪里?"

"什么地点?"

"那家店啊。你上班的那家店在哪里?"

"在六本木。"

"店名是什么?"

桃华皱起了眉头:"你干吗问这个?"

"没事啦,我在想,下次可以去看看。"

她皱起眉头,摇了摇手说:"不需要。"

"为什么?我想帮你冲业绩,你告诉我嘛。"

桃华用力叹了一口气,把手上的一次性筷子丢在桌上。

"如果你要讨论这些事,我要回家了。"

"呃……"

"我不想离开店里还要考虑工作的事。业绩根本不重要。"

我好像惹她生气了,所以慌忙拼命低头道歉:"啊,你说得有道理。对不起,我向你道歉,我不会再问了。"

"我又不是来拉生意的。"

"是啊,真的对不起。"我在脸前合起双手。

桃华虽然脸上还是生气的表情,但随即拿起一次性筷子,露出了笑容,好像终于转换了心情。

"我们来聊动漫吧,这才是我同意来这里的目的。"

"嗯,就这么办,就这么办。"

之后,我们吃着大阪烧,喝着啤酒和高球鸡尾酒,大聊我们最爱的动漫。只要聊动漫,两个人之间的话永远没有止境。

"你真厉害啊,虽然我对动漫也很熟,但还是比不上你。你为什么对动漫这么熟?"聊天告一段落后,我问她。

她害羞地耸了耸肩说:"因为看动漫是我唯一的乐趣。"

"为什么?你不出去玩吗?像是旅行之类的。"

"不去,因为没有人和我一起去。"

"麻理奈呢?"

"我和她只是在店里会聊天而已,上次的联谊是特例。我不擅长和别人交往,一个人比较自在。更何况我也不喜欢出门,很累,又很花钱。"

"你不出门买东西吗?"

"很少,衣服和化妆品都是网购的,动漫的 DVD 也都是网购的。"

"我也是网购 DVD。所以你在假期也都在家里吗?"

"对,中午起床之后就一直看动漫,只有需要去便利商店了,我才会出门。"

"男朋友呢?"我假装不经意地问了极其重大的事。

桃华摇了摇头："像我这样生活的女生，怎么可能有男朋友？"

"太好了。"我故意说了出来，但她没有反应，反而问我："内村先生，你为什么会喜欢动漫？"

"嗯，"我低吟，这个问题很难回答，"我说不清楚，硬要说的话，就是排除法。"

"排除法？"桃华皱着眉头问。她这个表情也很可爱。

"我原本很喜欢看电影，很喜欢看真人电影，但从某个时期开始，觉得看真人电影很累，所以就改看动漫。"

"哦，为什么突然觉得很累？"

"为什么呢？反正看到真人一个又一个出现，就觉得看不下去。也许是因为在现实世界中看了太多人的脸，已经看腻了。"

虽然我并没有说笑话，但桃华听了哈哈大笑起来。

"看人的脸看腻了，或许真的有这回事。我可能也是觉得和生活中的人交往很累，才会被动漫吸引。"

"我们很合得来啊。"我鼓起勇气说，而她用力点着头。

"好像很合。如果是在店里，我绝对找不到像你这样可以轻松聊天的人。"

"那要不要再找一个地方续摊？"我提议道。

"好啊。"桃华兴致勃勃地一口答应。

4

"内村，真羡慕你啊，你终于交到女朋友了，恭喜啊！"黑泽一边拉开罐装咖啡的拉环，一边说。黑泽穿了一件格子衬衫，斜背着背包。他是我工作上的前辈。

"只是约会过几次而已，不知道算不算是女朋友……"

我们站在新宿车站附近的人行道上，去自动贩卖机那里买了饮料后就在那里看着来往的路人。

"次数不重要，关键在于到什么程度了。怎么样？"

"什么怎么样？"

"你别装蒜了，至少已经亲过了吧？还是更进一步了？"

"不，还没……"

"搞什么呀，还没有吗？你再磨磨蹭蹭，就会错过时机。"

"即使你这么说，我也根本没这种机会啊。"

"机会这种东西当然要自己制造啊，比如，你可以送她回家。"

"她只让我送到离她家最近的车站。"

"怎么回事？难不成她家里有男人？"

"怎么可能？她应该没男朋友。"

"搞不好是说谎呢？"

"不，我觉得不太可能。"

"既然这样，就代表她还不信任你，觉得你想要图谋不轨。"

"啊？怎么可能？"

"反正你要用各种方式进攻，加油喽。"黑泽喝完咖啡，丢了空罐之后，拍拍我的肩膀说，"那就再见喽。"

目送前辈的背影远去，我看到广告牌上的二手动漫DVD广告，打算等一下去看看。

我和桃华每周约会一次，但和以前一样边吃饭边喝酒，一起聊聊动漫而已。这样已经很开心了，问题在于我已经渐渐没有什么内容可聊，必须看一些新的动漫，才能增加新的聊天内容，不过我没时间。

在之后约会时，我为这件事发牢骚，桃华问我："你每天都工作到很晚吗？你之前说是在广告公司上班，需要经常加班吗？"

"不是加班，但经常把工作带回家。"

"哦，真辛苦啊。"

"几乎已经变成习惯了，以至于已经不觉得辛苦。只是这让我暂时没有新的动漫话题，对你很不好意思。"

桃华拿着叉子，摇了摇头说："完全不必在意。"我们今天来吃意大利料理，她的餐盘上面是白酒蛤蜊意大利面。"你别放在心上，我们并不是非要聊动漫不可。"

"是吗？那今天我想听听你家人的事。"

"家人？"她皱起眉头，好像听到了什么陌生的字眼。

"你老家在爱知县吧，你父母还在那里吗？"

"嗯，是啊……"

"有没有兄弟姐妹？我总觉得你应该有妹妹。"

"兄弟姐妹……没有。"她的表情有点黯然。

"你经常回老家吗？盂兰盆节和过年会回去吗？"

桃华用力瞪着我。她今天也戴了彩色隐形眼镜，棕色的眼珠很大。

"这种事没意思，可以换一个话题吗？"

"啊？为什么？"

"没为什么，我们聊开心的事吧。"

聊家人的事不开心吗？

"哦……哦。那好吧……"

我急忙在大脑的抽屉里翻找，想到之前在 YouTube（视频网站）上看到的有趣视频。我告诉了她，她也觉得很有趣。我用手机播放了那个视频，两个人哈哈大笑起来。

我看着桃华的笑脸暗自松了一口气，但还是感到很奇怪。她每次都这样，几乎不谈自己的事。每次聊到这个话题，她就会很不高兴。

也许她有过痛苦的过去。比如，一个人在不幸的家庭环境中长大，应该不想聊老家或家人的事。

希望她有朝一日愿意告诉我。我这么想。

走出餐厅后，我们去常去的那家居酒屋续摊。在居酒屋时，我们都聊一些无关痛痒的话，我小心翼翼地避开了可能会碰触到她过去的话题。

到居酒屋快打烊时，我们才离开。我说要送她回家。

桃华摆了摆手说："不用了，我搭出租车回家。"

"那我们一起搭。"

"不用了，我们的方向相反。"

"没关系，我想送你。"

有空车驶来，我打算伸手拦车。桃华抓住了我的手臂。

"不用啦，我不需要。"

"不需要什么？"

"和你在一起很开心，因为我从来没有这样尽情地聊动漫，但这样就够了，你不需要再做什么。"

桃华的话就像一根大钉子用力刺进我的心里，但我没有放弃，向她靠近一步。"但这样我无法满足。不瞒你说，我喜欢你。我想要更了解你，也想帮助你，但你完全不愿意向我敞开心扉。为什么？"

桃华一脸痛苦地紧闭双唇，抬眼看着我说："这是错觉。"

"错觉？"

"你只是产生了错觉，以为你喜欢我，你只是被我的外表骗了。"

"才不是。"我嘟着嘴说。

桃华笑了起来。

"你只是自己没发现而已，你把我想成动漫的女主角了。"

"我才没有这样。"

"有。只要我卸了妆，你就会有幻灭感，仿佛从梦中醒过来。我很清楚这件事。"

听到她这么说，我用力摇头。"我才没有做梦，也不会有幻灭感。"

桃华双手叉腰，很受不了地叹了一口气。沉默片刻后，她再度看着我。

"好，那我就让你清醒一下。你先转过去。"

"啊？为什么？"

"别问那么多，转过去就对了。"

我不知道桃华想要干什么,但还是转过身去。

"好了。"我很快就听到了她的声音。

回头一看,她站在那里,和刚才几乎没什么不同,但我发现有一个地方不一样。

"怎么样?"桃华问我,"你是不是看出来哪里不同了?"

"……你把隐形眼镜拿掉了。"

"没错,只是拿掉了眼镜,就很不一样了,对吗?我的长相很普通,也很不起眼,和动漫的女主角相比,简直有天壤之别。怎么样?你现在知道了吧?有没有清醒?"

我无法动弹,也说不出一句话。这是我有生以来第一次这么惊讶。我的确从梦中醒来,回到了现实。

她向我走近了一步。

"怎么了?实在太幻灭了,脑袋出问题了吗?你倒是说话啊。"

我注视着桃华的眼睛深呼吸,身体才终于能够活动。我抓住她的双手。

"干吗?"她露出讶异的表情。

"遇到你真是太好了。你……就是我找了很久的人。"

"我说了,你不必来这套。"她想要甩开我的手,但我不放手。我绝对不能放手。

"我有话想要问你。"我对她说。

5

柏青哥店前已经大排长龙,队伍中的每个人都摆着一张臭脸,好像约好了似的。这家店重新装潢后开张了,每个人都期待有机会中奖,但在确实赚到钱之前,每个人都高兴不起来。这里的大部分人都靠打小钢珠过日子。

我和滨哥一起慢慢走向队伍最后。滨哥今天也穿了一身旧运动衣,我穿着衬衫和破牛仔裤。

"小内,听说你发现的那个酒店小姐顺利被起诉了。"滨哥走在路上时说。在同一个小组中,只有滨哥会叫我小内。

"嗯,是这样吧。我不太了解之后的状况。"我的声音有点消沉,因为我不太愿意回想起这件事。

"我刚才听说的。真是太好了,这一个月都没发现任何嫌犯,课长是不是也称赞你了?"

"嗯,是啊,是没错啦。"

"怎么了?你好像不太高兴?哦,你还没有放下吗?不过,的确可能很受打击，自己喜欢的女生竟然是通缉犯，这简直就像是漫画情节。"

"说像漫画太过分了，至少也要说像电视剧或小说的情节吧。"

我和滨哥边走边闲聊，看向在柏青哥店门口排队的人，但绝对不是盯着看，不能让对方发现有人在看他们。

"听说那个酒店妹戴了彩色隐形眼镜。"

"对，而且是会放大瞳孔的那种，所以我原本没发现。"

"你太嫩了，我不是常跟你说，在看照片记长相的时候也要考虑这种情况吗？尤其是嫌犯是年轻女人，这种情况更要注意。"

"你说得对，我还要多学习。"我已经深刻体会到这一点。

"话说回来，还是被你发现啦。听说她已经整过容了。"

"是啊，除了眼睛，其他都完全不一样了。"

我看着队伍中的人，尤其是他们的眼睛，回想起那天晚上发生的事。

当我看到自称桃华的女人摘下隐形眼镜时，一股电流贯穿了我的后背，接着开始在脑海里快速地搜寻。不计其数的大头照闪过脑海，最后，我找到了那张照片，照片旁写着"山川美纪　二十七岁　盗领公款　爱知县警冈崎警察分局"。

我向桃华表明身份，当场盘问她。她大惊失色，想要拔腿就跑。我当然不可能让她逃走，然后联络了主任滨田副警部，请求他的支援。滨田副警部就是滨哥。

我真正的职业是警察,在警视厅搜查共助课负责缉捕在逃的通缉犯。

要缉捕通缉犯,警察必须记住被通缉嫌犯的特征,在街头来往的行人中找到这些通缉犯。有人觉得这简直像在大海捞针,甚至怀疑是否真的能够抓到通缉犯。其实将通缉犯缉捕归案的比例相当高,警视厅总共有十名侦查员,每年可以逮捕四十名左右的通缉犯。

惊人的记忆力和观察力是我们的武器。我动手制作的档案中有五百名左右的通缉犯照片,档案中同时写满了嫌犯的特征和犯罪嫌疑,平日我就把档案随时带在身上,每天白天就用放大镜看,然后记在脑袋里。下班之后,我也会把档案带回家,只要一有空就拿出来看,要特别记住眼睛。一个人即使上了年纪,变胖或变瘦,甚至整容,眼间距、大小和颜色都不会改变。

记住这些通缉犯的长相和特征之后,我们就会三四个人一组去街头。客流量多的车站是我们主要的活动场所之一,因为很多在外地作案后遭到通缉的嫌犯认为在大城市里容易躲藏,所以他们会来东京。我们通常会站在车站前的街角,努力融入周围的风景,然后守株待兔,等待出现在档案上的人经过。无论是在被烤得头昏眼花的酷暑,还是在冷得手脚冻僵的寒冬,我们都必须睁大眼睛看清楚。

赛马场和柏青哥店也是我们锁定的目标。逃亡的嫌犯想要找钱，赌博是最快的方法。遇到柳田的那一天，我在监视出入场外马票贩售站的人。

如果长时间无所事事地一直站在那里，我有可能会被周围的人怀疑，所以那天我也真的买了马票作为掩护。侦查员在聊天时，也必须配合周围的环境，让对话听起来更自然，毕竟对话不知道会被谁听到。我和滨哥假装是经常出入马场的老赌徒。柳田并没有起疑，可见我们的演技还不差。

我们必须充分观察别人的脸，同时在瞬间将不断出现在眼前的脸和脑海里的大头照进行比对。这就是我们的工作。这并不是任何人都能够胜任的工作，可能胜任者才能被选为侦查员，之后必须接受特殊的训练。

每天都做相同的事，即使下班之后我们也会无意识地将遇到的人的脸和档案中的脸进行比对。有一次，滨哥去参加亲戚的婚宴，在饭店大厅发现一个看起来很像通缉犯的男人，为了确认对方是不是通缉犯，他跟踪了很久。虽然最后证实那个男人的确是通缉犯，他也在非工作时间立了功，但他错过了那场婚宴。

只不过，我做梦也没有想到自己会遇到那种事。

桃华和山川美纪的大头照至今仍然深深烙印在我的记忆中。

虽然一旦逮捕到通缉犯，我就希望能马上忘记，但往往无法轻易忘记。这是缉捕通缉犯的侦查员共同的烦恼。

警方以盗领公款的嫌疑，对山川美纪发出了逮捕令。山川美纪之前在爱知县冈崎市的一家二手车公司处理事务性工作，去年突然失踪了。公司方面觉得很奇怪，一查之下才知道她盗领了相当高金额的公款。

她逃走后来到东京，做了整容手术。之后，她去酒店应聘，酒店录用了她，但应该没有要求她提供正式的身份证明。

她住在周租公寓，所以不让我送她回家。我也终于了解了她为什么不愿意谈包括家人在内的过去，应该是因为她不愿意想起那些往事。

我无法想象变了脸、隐姓埋名是怎样的生活，但我觉得那应该很寂寞。虽然她之前说她不擅长和别人交往，一个人比较自在，但是真相恐怕是她不得不过这种生活，一旦和别人深入交往，别人早晚会问她的过去。

我不禁想象她在周租公寓单调的房间内不停地看动漫的身影。她不想看真人电影，应该是因为这会让她感受到自己孤独的处境，所以只想看动漫。

我心不在焉地想着这些事，滨哥戳了戳我的腰，他手上拿着手机。

"黑泽打来电话，说在附近的简易旅馆发现了一个人。我们也过去吧。"

"好。"

发现了疑似通缉犯的人后，我们首先必须联系几个人进行确认。如果真的是通缉犯，我们就会上前叫住对方，但在此之前，就必须由几名侦查员围住通缉犯，防止其抵抗或逃跑。我们看起来都不像侦查员，所以很多通缉犯被围住后一开始都不相信我们是侦查员，甚至有通缉犯以为我们是在录电视的整人节目。

我们若无其事地快步离开队伍，不能让队伍里的任何人对我们留下印象，也不能被别人记住长相。这是我们这些缉捕通缉犯的侦查员的最高原则。

经过柏青哥店门口时，我看到画着动漫中的美少女战士的广告牌。如果黑泽发现的人果真是通缉犯，今天晚上就要喝酒庆祝，但原本难得有机会好好看一会儿动漫。

山川美纪对我说了很多谎，其实我也对她说谎了。但我喜欢看动漫是真的，确实是因为觉得看真人电影很累，才开始看动漫的。

想一想就知道，我每天都要看成千上万的人的眼睛，在远离工作的时候，当然希望从美少女战士的非现实眼睛中获得疗愈。

レンタルベビー

出租婴儿

惠里确信珍珠一定被带来了这里。如果珍珠一直在购物中心内部，一定会有人看到它。歹徒在绑架珍珠后，一定会马上带珍珠来这里。绝对是这样的。

1

它的皮肤像雪一样洁白,惠里用指尖摸了摸它的脸颊,吃惊到忍不住大叫:"太厉害了!简直就像棉花糖,这真的是人工皮肤吗?"

"这得益于我们公司的最新技术,我可以断言,其他公司的商品绝对不可能有这么好的质感。"负责接待他们的接待人员说道,他得意得鼻孔都张大了。

惠里再度打量着盒子内部,里面躺着的商品名为"拟人婴儿700-1F",俗称机器人婴儿,目前穿着白色的衣服,闭着眼睛。

"目前的状态是?"彰良问接待人员,"它闭着眼睛,已经启动了吗?"

"当然。"接待人员从怀里拿出细长的缎带,放在机器人婴儿的鼻子前,缎带微微晃动,这表明它正在呼吸。

"它在睡觉吗?怎样才能醒来?"

"和真实的婴儿一样,只要听到很大的声响,或是被用力摇晃，它就会醒来。有时候感受到的刺激太强烈，它也会哭。"

"哦，我可以抱起来看看吗？"

"当然，这是你们的孩子。"

"啊哈哈，也对。"惠里把双手放在小机器人的腋下抱了起来，"哇，还蛮重的。"

"重量是八千五百克，设定为十个月左右的婴儿。这是根据两位的基因计算出来的数据。"接待人员低头看着平板电脑说。

"也对，小宝宝，那就请多关照喽。"在惠里说话时，机器人婴儿微微睁开眼睛，露出了可爱的笑容。

惠里为该如何度过这个夏天的长假烦恼不已。她已经厌倦了出国旅行，以及和老家的父亲经常打视频电话，所以她也不想特地回去探望二老。想要去玩，但无论去哪里都挤满了人，最后只会累坏自己。

她征求了朋友的意见，朋友都说："不如趁这个机会尝试平时无法做的事。"可以挑战学外语，或学以前没有从事过的运动，这些主意虽然也不错，但她还是想不出到底该做什么，因为惠里的好奇心很强，想要做的事早就已经做过了。

这时，她刚好看到了模拟育儿体验的广告——通过照顾机器人婴儿，体会一下育儿生活是怎么一回事。

她对有人竟然想出这么有趣的点子佩服不已。以前经常看

情人节终章

到"晚婚化"这个字眼，如今已经被"不婚化"取代，很多人想一辈子都不结婚。惠里就是其中之一。她虽然会和男人交往，但并不想结婚，因为她找不到结婚有什么好处。男人似乎也有相同的想法，所以至今从来没有人向她求婚。

比如彰良，他英俊潇洒，热爱工作，而且很有绅士风度，聊天也很有趣。他是完美情人，但惠里从来没想过要和他一起生活。

如果说结婚有什么意义，应该就是孩子。如果要生孩子，她当然要先结婚，但问题是惠里也不知道自己到底想不想要小孩。既然生为女人，这辈子好像应该生一个孩子。然而，看到那些已经生儿育女的朋友，她又觉得照顾孩子太辛苦了，而且等到生了孩子之后再后悔，那时就太晚了。

世界上应该有很多人像惠里一样烦恼于到底该不该生孩子，所以她不由得佩服生意人的头脑。

她立刻参考广告申请了机器人婴儿，今天终于见到了。

回家之后，她立刻为它取了名字。机器人的性别是女，惠里想了一分钟后，决定就叫它"珍珠"，因为它像珍珠一样又白又圆。

"OK，就叫珍珠。"彰良也点了点头表示同意。

珍珠开始哭闹。

"哎哟，哎哟，怎么了？尿布湿了吗？"惠里抬起婴儿的下半身检查尿布。尿布有点湿。

为了迎接今天这个日子，她事先做了不少准备。她买了尿布，也曾经想象着练习照顾婴儿，还租了婴儿床和婴儿车。

然而，真正开始照顾婴儿，惠里才发现现实并不如想象中简单，因为婴儿不是乖乖躺着不动的。

"脚不要乱动。彰良，你在发什么呆啊，帮我按住它的脚。"

彰良走了过来，用双手抓住珍珠的脚问："这样吗？"

"没错，没错。"

惠里把尿布放在珍珠的屁股下方，这时有什么东西从它的屁股里喷了出来，喷到惠里的脸上，差一点喷到眼睛里。

"呜呜！"她用手背擦了擦脸，终于知道脸上被喷了什么，"搞什么啊！这不是粪便吗？"

"好像是。"彰良冷冷地说道。

"好臭！怎么会有这种东西?!"

"因为它是婴儿啊，婴儿就会随时排便。"

"但它是机器人，根本不需要真的排便啊！"

"那可不行，必须有某种程度的真实感，才能够让人了解育儿有多辛苦。而且，这并不是真正的大便，只是味道、颜色和大便很像的东西。"

情人节终章

"即使这样……"珍珠哭了起来。"吵死了！等一下！"惠里走向卫生间。

2

卧室传来珍珠的哭声。它似乎醒了，但惠里正忙着准备晚餐，因为彰良快回来了。在租借珍珠的同时，惠里也和他同居了，因为她既然设定自己生了孩子，当然必须结婚。

"拜托，再等我一下。"惠里一边切菜，一边小声嘟囔，但珍珠的哭声并没有停止，反而越来越大。那已经不是哭声，更像是叫喊声。

惠里摇了摇头，关掉了电磁炉的开关，这样做会影响奶油炖菜的口味，但她也无可奈何。她拿出连同奶瓶一起放在杀菌保温器内保温的配方奶，走进卧室。

珍珠哭个不停，一看到惠里的脸，就哭得更凶了，好像在诉说什么。

"乖，来喝奶奶。"惠里把珍珠抱了起来，把奶嘴放进它的小嘴，但珍珠不吸奶嘴，继续大哭，脸都哭红了。

惠里皱着眉头想："到底是怎么回事？该不会是尿布又湿了吧？"

她放下奶瓶，用鼻子闻着珍珠的下半身。果然没错，有大便的臭味。

她决定在婴儿床上换尿布。惠里打开尿布，发现上面沾满了大便，简直就像打翻了咖喱，屁股和腿上也都是大便。

"呜呜，真是饶了我吧。"

她正在犹豫，不知道该如何处理尿布，珍珠突然手脚拼命动着，大便也四处乱溅，弄脏了惠里的衣服和地毯。惠里不禁感到绝望。

不一会儿，彰良就回来了。惠里一边下厨，一边向他说明情况。

"听你这么一说，好像真的有点臭。"他用力吸着鼻子。

"我已经努力清理过了。"

惠里用力叹了一口气，看着机器人婴儿。

"它睡着的时候就很可爱。"

"会不会觉得它像自己的小孩？"

"这……应该不会。如果是真正的小孩，无论再怎么哭，再怎么大便，我应该都会觉得他很可爱，但照顾机器人婴儿，还是怎么都无法真正体会照顾婴儿的感觉。"

她深有感慨地说着，睡着的珍珠突然涨红了脸，似乎在呢喃着什么。下一刹那，她就听到噗噗噗的排便声音。

惠里抱着头。

"为什么啊！为什么整天排便？这个机器人婴儿的设定有问题吧？"

"不可能，婴儿的体质和特征是根据基因数据设计的，排便顺畅应该也是基因决定的。"彰良淡淡地说。因为他的说明听起来很合理，惠里也无法反驳，但她反而更加心浮气躁。

"照这样下去，我会被它搞得便秘了。"惠里垂头丧气地为珍珠换尿布。

对婴儿的体质来说，排便顺畅是优点。换尿布虽然很麻烦，但你习惯之后，就不是太大的问题。珍珠夜晚哭闹，才是惠里最头痛的事。

每天凌晨两点过后，珍珠就会开始哭闹。即使惠里喂它喝奶或换了尿布，它仍然哭个不停。在这种时候，惠里就只能站着抱它，像摇篮一样摇来摇去。至于她摇多久珍珠才会不哭，才愿意入睡，要看运气。

"夜晚哭闹也是程序设计的结果？"惠里摇着珍珠时问。

"应该是。"躺在床上的彰良背对着她回答。

几天之后，珍珠的任性程度似乎越来越严重。

"即使抱着它，好不容易把它哄入睡了，我只要一把它放到床上，它就会醒过来哭闹。把它放在婴儿车上想去买菜时，推了不到十米，它又哭了，结果我只好一直抱着它。我完全搞不懂它到底是哪里不满意，我到底该怎么办？"

"这我就不知道了。"坐在桌子对面吃早餐的彰良轻轻举起了双手，"对了，我今天晚上会晚回家，十点多才会到家。"

"等一下！我不是说我已经预约了发廊吗？你不是答应七点之前会回来吗？"

"临时有工作插进来，我上次不是说接到一个大案子吗，不能只有我一个人缺席。"

"我好不容易找到一家营业到很晚的发廊。"惠里嘟起了嘴。

彰良拿着刀叉，微微向前探出身体。

"当初决定养珍珠时，你决定的方针不是希望我要以工作为先，家庭次之吗？"

的确是这样。惠里无言以对，只能陷入沉默。

就在这时，隔壁房间传来哭声。

"在叫你喽。"

"我知道！"惠里站了起来，故意弄出了巨大的声响。

3

照顾珍珠已经一周了，惠里快疯了。三不五时就要换尿布，整天都在喂奶。不仅如此，珍珠已经学会了爬行，一下子咬拖鞋，一下子玩电线，所以惠里必须时时刻刻盯着它。虽然这一阵子晚上哭闹的情况稍有改善，但仍然和以前一样，一旦哭起来，它就久久停不下来，所以惠里很少带它外出，以免造成别人的困扰。然而到了不得不出门买菜时，惠里会一直提心吊胆，因为她不知道珍珠什么时候会哭，根本没办法静下心来慢慢挑选。

惠里很想干脆把珍珠还回去，但这么一来，她就必须支付违约金。合约规定，比当初约定的时间提前归还机器人婴儿，租借者必须根据所剩的天数支付罚款。这项规定是为了避免租借者将育儿这件事想得太轻松。如果提前放弃育儿，机器人身上会留下痕迹，租借者也必须支付罚款。

早知道不应该租什么婴儿，我真是做了一件蠢事——惠里在洗珍珠的内衣时这么想着，突然发现今天没有听到珍珠的哭声。早上惠里为它换尿布时，它在睡觉，也没有要奶喝。

惠里有点担心，忍不住去房间内查看。珍珠躺在床上，但并没有睡着，看起来浑身无力。

惠里看到它的脸，不禁吃了一惊。它的脸比平时红。到底是怎么回事？惠里忍不住摸摸它的脸颊，又吓了一跳。珍珠的脸颊很烫，用专用体温计一量，竟然快四十摄氏度了。

她慌忙拿起手机，对着手机呼叫彰良。平时手机屏幕上都会立刻出现他的脸，但此刻的屏幕上出现了"会议中"这三个冷冰冰的字。

惠里抱起珍珠，想着这种时候该怎么办？普通的小孩生病当然要去医院，但珍珠是机器人。

她对着手机叫了一声："出租婴儿新东京店。"

当初租借珍珠时的接待人员很快就出现在屏幕上，他恭敬地鞠了一躬后问："请问有什么事？"惠里向他说明了情况。

"哦，原来是发烧了啊。可不可以请你带它来这里？这里有专门的医生。"接待人员的语气很平静，似乎在告诉惠里这种情况不必大惊小怪。

话说回来，专门的医生是怎么回事？

惠里抱着珍珠去了出租店，接待人员立刻把她带去写着"医疗中心"的房间。那里像普通的医院一样有候诊室，有几个女人坐在那里等候就诊，每个女人都带着小孩。

"她们在这里只是为了营造气氛。"接待人员在惠里的耳边说道，"当孩子生病时，父母都希望医生赶快为自家的孩子看诊，但到医院后一定会等待，所以我们希望家长可以习惯这种烦躁和不安。"

原来是这样。惠里恍然大悟。他们在细节上也很用心。

等了三十分钟后，惠里终于走进了诊室。一个身穿白袍的男人坐在里面，还有一名女性护理师。

"发烧引起了轻微的脱水症状。不必担心。我会开一些治疗用的药水，请按时喂它喝。"假扮医生的男人有模有样地查看珍珠的身体后，用没有感情的声音说道。

回家后，惠里按医生的建议喂珍珠吃药。虽然珍珠不想吃，惠里因此费了一番功夫，但总算让它喝下了规定的药量。

珍珠很快就睡着了。惠里看到它的脸色好像稍微正常了，不由得松了一口气。她发现自己的这种心情并不是因为担心要交罚款，不由得吓了一跳。她渐渐产生了必须好好照顾珍珠，让它健康长大的使命感。

彰良深夜才回到家。在他脱衣服时，惠里把今天发生的事告诉了他。

"是这样啊,原来它发烧了,辛苦你了。"

"我联系不到你,当时真是急死了。"

"对不起,对不起,最近工作很忙。"

"你工作还是这么辛苦。"

"虽然辛苦,但我必须努力。我要养妻女啊。"彰良说完,就倒在床上,立刻呼呼大睡起来。惠里看着他的脸,觉得原来婚姻生活就是这样啊。

第二天,彰良一早就出门了。惠里准备喂珍珠吃药,躺在床上的珍珠对她笑了笑,然后用可爱的声音叫她:"妈妈。"

4

彰良难得可以休假,他们决定带珍珠出门逛街。他们推着婴儿车,一起走进大型购物中心。惠里有生以来,第一次体会到这种感觉。

彰良平时整天喊累,今天却心情很好,也很健谈,时而说笑话逗惠里,时而对着珍珠扮鬼脸。

情人节终章

他们在儿童服装区玩得特别开心，不时让珍珠试穿各种衣服，看到大一点的衣服就忍不住讨论根本不可能长大的珍珠的未来。

结婚可能也不错，惠里开始这么想。结婚，生子，过平凡的生活。虽然之前无法想象这种快乐，但经过这种模拟体验后，惠里好像稍微了解了一些。

当他们准备走进玩具卖场时，彰良拿起了电话。惠里发现他在讲电话时的表情越来越严肃。

"不好了。"他挂上电话后说，"出了问题，我必须马上回公司。"

"啊？这样啊，原本还打算今天在外面吃饭。"

彰良合起双手放在脸前。

"对不起，下次一定补偿你。"

"那也没办法，但今天到目前为止都很开心，所以我原谅你。"

"谢谢，珍珠就拜托你了——珍珠，要乖乖的，不要让妈妈头疼。"彰良对着婴儿车打招呼后，快步离去了。

惠里只能告诉自己这也是无可奈何的事，然后推着婴儿车走进了玩具卖场。珍珠适合什么样的玩具呢？它还小，应该还没办法玩玩具吧。

玩具卖场有一名女店员，惠里决定向她请教。

"这个年纪的孩子，很多家长都会给他们买3D投影黏土。"年轻的店员回答道。

"3D投影黏土？"

"就是这个。"

店员拿出一个可以投射出立体影像的小板子，用手触碰悬在半空中的黏土影像，就能自由地变出各种形状。

"这个黏土也可以根据孩子的成长，改变硬度。"

"是这样啊，真有趣。"

但惠里听到价格后不由得瞪大了眼睛。家长会买这么贵的东西给婴儿吗？至少她难以想象会有人买给租来的婴儿。

但如果是自己的亲生孩子呢？说不定有家长会买。

她向店员道谢，归还了3D投影黏土。但是，当转过头时，她倒吸了一口气——婴儿车不见了。她四处张望，都没有看到婴儿车。

"珍珠！"惠里叫着它的名字，走出了玩具卖场。她看到一辆与珍珠的很像的婴儿车，急忙跑了过去，但婴儿车旁有一位母亲，婴儿也不是珍珠。

它到底去了哪里？这辆电动婴儿车并不会自行活动，唯一的可能就是被人推走了。

她打电话给彰良,但屏幕上再度出现了"会议中"这几个字。她咂着嘴,挂了电话。

事到如今,她只能报警了。正当她这么想的时候,她又想到在租借珍珠时,专属接待员曾经对她说:"如果出租婴儿遭窃或遭到毁损,请立刻和本公司联络。本公司将会向警方报失窃或器物毁损。"

没错。这不是绑架案,不是小孩子遭到绑架,而是机器遭窃。不,目前还不知道是不是被偷,所以她要报遗失吗?

惠里决定先不打电话,这种事根本不重要,她要先找珍珠。无论是失窃还是遗失,只要不是关系到人命,警方不会立刻采取行动。

她冲了出去,问行人是否看到一辆婴儿车。大部分人都很亲切地努力回想,然而,即使在目前的少子化时代,仍然到处都有婴儿车,所以很少有人回答"没有看到婴儿车"。惠里根据他们提供的线索在购物中心内奔走,但还是没有找到珍珠躺在里面的那辆婴儿车。

一个女人向她提了重要的意见,建议她可以去广播。惠里拍拍自己的头,感叹原来还有这个好方法。她向那个女人道谢,之后再度跑了起来。

她冲到负责广播的办公室,向工作人员说明情况。工作人员立刻为她广播,请看到那辆婴儿车的顾客通知附近的店员。

工作人员说只要有人通报,就会立刻打电话给她,于是惠里走出了办公室。她努力平复激动的心情,拼命思考着。

珍珠就像真正的婴儿,所以有坏人以为它是真的小孩,绑架它,这也并不令人意外。那么,歹徒绑架之后会怎么做?当然是马上离开。

车子!惠里想到之后就立刻去了停车场。这个购物中心很大,因此停车场也很大,内部停了大大小小很多车子。她定睛细看周围,沿着通道走,不时穿越车子的缝隙寻找,但偌大的停车场看起来哪里都差不多,简直就像迷宫。她找了一会儿,渐渐不知道自己身处哪里,有时候发现自己似乎又回了原地。

惠里确信珍珠一定被带来了这里。如果珍珠一直在购物中心内部,一定会有人看到它。歹徒在绑架珍珠后,一定会马上带珍珠来这里。绝对是这样的。

但是,歹徒带着珍珠逃走之后呢?难道歹徒带着婴儿车,已经上了高速公路吗?

惠里不知道该怎么办,再度打电话给彰良。屏幕上立刻出现了他的脸。"怎么了?逛街开心吗?"他无忧无虑的表情让惠里心浮气躁起来。

"我现在根本没心情逛了,珍珠被人绑架了。"

"啊!"彰良露出了紧张的神情。

惠里向他简单说明了情况。

"所以我现在不知道该怎么办。"

"要不要通知出租婴儿店?失窃或是遗失时——"

"你在说什么啊?这是绑架!万一珍珠发生了意外,我们该怎么办?"惠里一口气说道。

"但是——"

"总之,你马上来这里,和我一起去找珍珠。"

"不,我没办法去,这里的工作还没处理完,我今天一整天都必须留在公司。我离开会造成很多人的困扰。不好意思,你可不可以自己想办法?也可以向出租店提出解约——"

"算了,不求你帮忙了!"惠里挂了电话。她觉得和彰良讲电话简直就是浪费时间。

就在这时,她听到了婴儿的哭声。惠里竖起耳朵确认。没错,是珍珠。就是珍珠的哭声。

她拼命寻找哭声传来的方向。哭声传遍了整个停车场,惠里难以分辨珍珠到底在哪里。但惠里还是专心细听,穿梭在停车场的车子之间。因为那里有很多大车,所以惠里很难看到前方。

珍珠,你在哪里?

她发现好像有什么东西闪过她的视野。惠里转头看向那个方向，发现一辆熟悉的深棕色的婴儿车从车子之间闪过。

"珍珠！"惠里急忙跑了过去，然而当她抵达那里时，婴儿车已经不见了。她慌张地四处张望。

这时，她又看到婴儿车在不远处滑了过去。惠里又跑了过去。这简直就像在玩捉迷藏，但是双方距离越来越近。虽然在不知道歹徒是什么样的人时靠近，惠里可能会遭到攻击，但惠里已经做好了不顾一切的心理准备。只要能够把珍珠找回来，她无所畏惧。

范围终于缩小了。歹徒带着珍珠似乎躲在几辆车子的后方。最好的证明就是她听到哭声就在附近。

"你……你……躲起来也没用。"惠里虽然看不到歹徒，但还是向歹徒喊话，"赶……赶……赶快放弃……出来吧，把孩子还给我。"惠里的双脚也止不住地发抖。

惠里看到婴儿车出现在几米外的车子缝隙中。她紧张起来，因为她以为推着婴儿车的歹徒也会跟着出现。

但是——并没有歹徒的身影。婴儿车自己动了起来。

啊？这是怎么回事？

惠里感到惊讶，下一秒，婴儿车又自行掉转方向，滑动起来了。

"啊？怎么回事？等一下。"她奋力追了上去。

婴儿车沿着停车场的通道滑行，速度完全没有放慢。如果继续滑行，婴儿车就会撞到墙壁。惠里的脑海中浮现出凄惨的情景。

在婴儿车只差一点就撞到墙壁时，惠里终于抓到婴儿车的把手。她关掉电动婴儿车的开关，用脚刹车，她的鞋底在地上滑了一下。

当她回过神时，婴儿车已经停下来了，离墙壁只剩下两米的距离。惠里缓缓站起来，探头看向婴儿车内。

珍珠已经不哭了，看着惠里的脸，笑着叫了一声："妈妈。"

惠里紧紧抱住珍珠，放声大哭起来。

"非常抱歉。"出租店的专属接待员郑重地鞠躬道歉。

"这到底是怎么回事？"惠里大声问道。

"好像是婴儿车的系统出了问题，原本装了自动操作系统，但好像发生了错误。以前从来没有发生过这种情况，所以我们也很惊讶。"

"什么意思？怎么可以这样！万一我的孩子发生意外，怎么办?！"

"因为这是我方的过失，万一发生这种情况，我方会立刻免费送上替代的出租婴儿,绝对不会造成您的困扰。"

"我说的不是这个意思!既然是育儿的模拟体验,怎么可以不做好安全管理呢!"

"您说得对,我立刻为您准备新的婴儿车——"

"我才不要那种东西!以后出门我都会抱着它。"惠里说完,抱着珍珠离开了出租店。

5

归还珍珠的日子终于到了。今天是租借的最后一天。

惠里最后一次照顾珍珠。她先喂奶,然后为珍珠换好了尿布,也为它剪了指甲,还为它洗了澡,之后为它穿上干净的衣服。

虽然这段时间发生了很多事,但惠里觉得很充实。在这段长假期间,她已经完全适应了育儿工作,而且觉得珍珠可爱得不得了。如果可以,她不想归还珍珠,但她知道自己不可能这么做。

"没想到这么快就要结束了。"彰良说。今天他也要与惠里同行。

走出家门后,惠里紧紧抱着珍珠,又忍不住流了泪。

"怎么样?"来到出租婴儿店,专属接待员面带笑容地问。

"我觉得这是很美好的体验,育儿真的很棒。"惠里如实表达了内心的感想。

"是吗?我确认了机器人,了解到您在这段时间的照顾很出色,您马上就可以成为母亲,也一定可以成为一个出色的母亲。"

"是吗?"惠里忍不住笑了起来。虽然知道接待员有一半是在奉承,但她还是不禁感到高兴。

"不瞒您说,"接待员露出严肃的表情继续说,"在您租借之前,我们没有事先告知……其实这个出租婴儿系统有几个陷阱,会让客人接受几次考验。"

"考验?"

"比如,婴儿突然发烧或受伤,还有夜晚哭闹,有时候也会突然失踪。"

"啊!"惠里张大了嘴,"所以说,婴儿车事件……"

"就是这样。"接待员低下头说,"育儿并不是过家家,我们希望客户了解到有孩子是怎么一回事,需要何种程度的危机管理,同时也必须体验一下突发状况。虽然您当时一定感到很害怕，但这是为了达到这样的目的，请您见谅。"

"原来是这样，我就觉得很奇怪。"

"但是，您很冷静，所做的一切也很有勇气。所以我刚才说您一定可以成为一位出色的母亲。"

"当时真的是不顾一切……"

"这就是母亲的坚强。怎么样？您有没有考虑趁这个机会拥有自己的孩子？"接待员问她。

"嗯……"惠里偏着头，"我还是无法下定决心。"

"是因为对育儿没有自信吗？您绝对没有问题。"

"我认为育儿是一件很棒的事，但要先解决生孩子之前的问题，我还不知道要不要结婚。"

"哦。"接待员看了惠里身旁，"所以说，这位先生不行吗？"

彰良坐在惠里身旁，一脸尴尬。

"很抱歉，没有满足你的期待。"彰良低头道歉。

"你不必道歉，你出色地扮演了我最初想象的理想丈夫，也很会聊天，凡事都安排得很合理，对工作充满热情，不会因为家里的事就丢下工作。这全都符合我的期待。在见到珍珠之前，我们的设想也是作为情侣交往，这段时间我很开心，这是实话。"

"谢谢。"彰良微笑着说。

彰良是和出租婴儿店签订契约的职业假想父亲，因为有些女人想要体验模拟育儿，但目前并没有交往的对象，所以店家为这些女人准备了现成的父亲。听说这家店总共有二十名假想父亲，他们都有特殊的才华，会仔细分析女性的喜好，成为女性心目中的理想对象。彰良也的确是理想情人。

他每天去上班或正在挑战一个大案子，这些都只是设定的状况。他们虽然会同床，但不会发生关系。

"对我来说，我必须有丈夫的协助才能育儿，丈夫偶尔也必须牺牲工作。如果无法找到这样的对象，我目前还无法考虑下一步。"

接待员听了惠里的话，点了点头。身旁的彰良也点了点头。当然，今天之后，他不会再叫这个名字。

惠里这个夏天长假的育儿新体验结束了，明天她又要开始上班了。一回到家，惠里就接到了女性朋友的视频电话，对方说自己搭宇宙飞船去宇宙旅行了三十分钟。

"无重力体验吗？我前年也试过了，不怎么好玩，风景也很单调。"

"那你在长假期间做了什么？"

"呵呵，好玩的事。"

惠里把这个夏天发生的一切告诉了朋友。没想到朋友露出夸张的惊讶表情。

"喂,你还在说这种话!"

"什么?!"

"你都几岁了?你和我是同年出生的,今年已经六十岁了——"

"闭嘴!"

"什么闭嘴啊,你也该做出结论了。不,应该说该放弃了。"

"什么嘛!我已经冷冻卵子了,只要找到对象,随时可以受精。人工子宫的技术也已经很成熟,完全没有任何问题。"

"我认为你不可能。你之前就因为举棋不定,才到现在还没有结婚。你要不要接受自己的命运?"

"不,我打算在可能的范围内继续犹豫下去,因为我才六十岁,只活了平均寿命的一半而已。"

壊れた時計

坏掉的手表

电子邮件最后写道:"留下了翻找的痕迹也完全没问题。如果有值钱的东西,可以拿走。最好可以伪装成单纯的盗窃。同时要留下能够明确断定作案时间的线索。"

1

手机屏幕上显示了一个陌生的号码。如果是可疑的电话,我就马上挂断。我这么想着,接起电话。电话中传来一个男人的声音。

"啊,太好了,这个手机号你还在用。"

对方是 A。上次见面已经是两年前了。

"你还好吗?" A 问道。

"马马虎虎。"我回答说。

"工作呢?"

"……也还好。"

A 似乎从我有点迟疑的回答中猜到些什么,呵呵呵地小声笑了起来。

"看来你还是老样子。人确实不可能轻易改变。怎么样,有一个不错的工作机会,你想不想试试?和以前一样,稍微有点危险,但我相信你听到报酬之后就会接受了。"

"是什么工作?"我问他。

"不是什么困难的工作,只要在指定的日子、指定的时间,去指定的房间拿一样东西就好。就这么简单。房间的钥匙在我手上。"

A说得很轻松,但我从之前的经验中深刻体会到——千万不能相信他的话。

A是地下中间人。我虽然知道他的名字,但不知道那是不是他的真名。我在大约十年前通过当时的地下网站认识他。我在"征求或应征别人不想做的工作"网站上留了几次言,A主动找上了我。A很厉害,只要看网站上的留言内容,就可以知道对方是否能胜任他介绍的工作。

起初大部分工作确实是简单的工作,像是去老人家里,用假冒的身份和名字去拿小包裹。虽然A没有告诉我小包裹里面装的是什么,但我隐约察觉到包裹里面应该是现金,而且这些工作背后的雇主应该是诈骗的共犯。但是,我一直假装没有发现。

不久之后,A可能是确信我愿意为了钱做任何事,开始叫我做一些更复杂的工作。由于地下网站被警察发现,并盯上了,A应该是觉得与其找来路不明的人,不如找当过"车手"的人更稳当。

有一次,A叫我运送一个大行李——深夜,在高速公路的

情人节终章

休息站，从一个陌生男人手上接过一个像冰箱那么大的纸箱，然后交给等在数百公里外立交桥上的另一个人。虽然开车对我来说并非难事，但是从纸箱中散发出的腐臭味令人难以忍受。而且当时是冬天，我必须开着车窗开车，所以一路都很痛苦。我猜到了纸箱中散发出腐臭味的原因，但我还是努力不去想。当时，A也说得很轻松，说"只要运一个箱子而已"。

他也曾经叫我帮忙打扫房间，必须在十二小时内把房间打扫干净，把室内所有的垃圾都清理干净。但他叮嘱我，绝对不能把在那个房间内看到的告诉别人。

一走进那个房间，我立刻吓了一跳。房间内血迹斑斑，家具面目全非，窗帘被撕破，灯也都被打破。虽然我可以轻易想象出这里发生过什么，但我努力不去想，只是默默打扫，总共花了超过十个小时才打扫干净，然而A在事前说的是"只是打扫房间而已"。

"怎么样？你有意接这个工作吗？"A向我确认。

"要去拿的东西是什么？"我问，"该不会又是大纸箱吧？"我其实很想再补充说："还会散发出腐臭味。"

"不必担心，不是什么很大的东西，差不多像葡萄酒瓶那么大，装在一个细长形的盒子里。你拿回来之后，把它连同盒子一起交给我，我当场就会付报酬给你。"

坏掉的手表

A说了报酬的具体金额。对正在失业的我来说，那的确是令人垂涎的数字。

"地点在哪里？"

"详细情况我也不清楚，如果你答应接，我会把你的电子邮箱给对方，对方直接和你联络。怎么样？你要接吗？"

"我接。"我握紧手机回答。有了这笔钱，就不会被赶出公寓，我松了一口气——我已经三个月没交房租了。

上个月，我挪用公款的事情被发现了，被打工地居酒屋开除了。我一直想要去找工作，但拖拖拉拉到今天都还没开始。事到如今，我当然不可能求父母。如果我向他们要钱，他们一定会叫我赶快回老家。

接到电话的第二天，我在附近的公园和A见面。瘦瘦的A穿着看起来很高级的西装，和两年前一样浑身散发着危险的气息。他递给我一把崭新的钥匙。

"详细的指示，对方会用电子邮件通知你，你按指示办即可。其他的就拜托你喽。"A说完后快步离开了。他的背影似乎在说，他只是个中间人而已。

和A分手大约一个小时后，我的手机接到了电子邮件。邮件主题是"来自委托人"。

电子邮件上写着：两天后的下午五点到七点执行。可能房主这个时间不在家吧。地点位于东京市内的高层公寓,任务是拿走一座白色雕像。如 A 所说,雕像似乎装在细长形的盒子里。电子邮件中附了雕像、盒子的照片,以及标明公寓地点的地图。雕像是一个像穿了南美民族服装的女人。

电子邮件最后写道:"留下了翻找的痕迹也完全没问题。如果有值钱的东西,可以拿走。最好可以伪装成单纯的盗窃。同时要留下能够明确断定作案时间的线索。"

2

在指定日期的下午五点整,我用 A 给我的钥匙打开了公寓入口的自动门,低头走进了指定公寓的大门。我戴了一顶帽檐很长的帽子,以避免被监控拍到,但我其实不必太在意这点,因为这是一栋大型高层公寓,每天会有几百人经过,我被拍到也没有太大问题。只是我必须小心电梯内的监控,因为警方会根据走出电梯的楼层找人。这样一来,虽然我要去三十三楼,但我还是故意在三十楼走出电梯,爬了三层楼的楼梯。

我了解这次工作的意义。委托人叫我去那里拿雕像,这种行为本质其实是偷窃。不知道他用什么方法拿到了钥匙,然后去做了备用钥匙,反正他一定未经那间公寓的主人同意。

委托人想要我做两件事。第一件事当然是拿到那座雕像,另一件事就是制造不在场证明。委托人在电子邮件中指示,希望我留下能够明确断定作案时间的线索。委托人一定想要在特定时间内制造不在场证明,以免警方在调查这起盗窃案时怀疑到自己身上。

我走在走廊中,从夹克口袋里拿出事先准备好的手套,两只手都戴上。我当然不能留下指纹,因为之前在违反交通规则时多次留下了指纹。

我在那一户门前停下了脚步,观察四周,确认周围没有人后,才把A交给我的钥匙插进了钥匙孔。轻轻一转钥匙,我就听到咔嗒一声的金属声。

一打开门,门内立刻亮了起来,我吓了一跳。房间里好像是安装了自动感应照明系统。现在很多新公寓都安装这一系统,只是会让我这种住在贫民公寓的人吓破胆。

既然要把行为伪装成普通的盗窃案,我决定穿着鞋走进房间。我打开了前方的一道门,用戴着手套的手打开了电灯开关。室内顿时亮起白色的灯光。

客厅有十几张榻榻米大，有沙发和大理石的茶几，还有一台电视。客厅内没有餐桌，平时应该是在茶几这边吃饭。茶几上放着空的长方形塑料盒，可能是吃完便利店的便当后留下的。

我将通往隔壁房间的拉门拉开一半，看到了好像是卧室的房间。

我站在客厅的正中央，巡视周围。客厅内没有任何装饰品，完全就是"枯燥乏味"这四个字的写照。房间的主人似乎很久没有打扫了，地板角落积了很多灰尘。这是典型的男人独居的房间。

我大致看了一下，既没有看到雕像，也没有发现细长形的盒子，更没有看到可能装了这两样东西的皮包或家具。

客厅内有几个小衣柜，我打开了所有衣柜检查，每个衣柜都放满了东西。虽然为了伪装成普通的盗窃案，必须找到并拿走些值钱的东西，但我还是决定先找到委托人要的东西。

即使检查了所有的衣柜，我也没有找到雕像。我决定去隔壁房间找。卧室内只有单人床、书桌和书架。

当然，这个房间内也有衣柜。我先检查了衣柜，但里面不仅挂满了衣服，还有很多箱子和容器杂乱地堆在里面。我逐一打开它们检查，里面装的都是破铜烂铁。

这个房间的衣柜里也没有雕像。一看时间，已经六点多，剩下的时间不多了。我着急起来。

我检查了床下的抽屉,但白费功夫。我坐在床上,抱起双臂。犹豫着要不要打电话给A。一看手表,已经六点二十分了。A和我约定,如果发生意外状况,就要打电话给他。找不到目标物,应该算是意外吧。

我拿出手机,正准备打电话,立刻停下了。我想到自己还没去厨房找过。然而,重要的东西藏在意想不到的地方的可能性相当高。

我走进厨房,首先确认冰箱。我打开了三门冰箱的所有门,没有发现我想找的东西。

我又去定制的碗柜和流理台下找了一遍,一无所获。我叹着气想,只剩下厕所和浴室没有找过,但那里会有藏东西的地方吗?我偏着头,走出厨房。

我没想到——一个陌生男人站在那里。

这个四十岁左右、个子矮小的男人穿着西装,戴着眼镜,瞪大了两只眼睛。他拎着纸袋站在那里,一动不动地看着我。

我也惊讶得动弹不得。我们两个人相互凝视,这奇妙的沉默似乎持续了很久,但实际上应该只有刹那而已。

男人张大了嘴大声问:"你是谁?在这里干什么?"

我没有回答,而是直接采取行动。我压低身体,朝他冲过去，就像打橄榄球时冲撞敌队。我对自己的运动神经和力气小有自信。

我们一起倒在地上，造成"咚"的一声巨响。我立刻跨坐在他身上，握起拳头，打算揍他两三拳，把他打昏。

但是，我的手停了下来，因为他已经不动了，眼镜下方的两只眼睛已经翻白。

很好，不需要我动手把他打昏。我才这么想，就发现大量的血在地上扩散。

"啊啊啊啊！"我大叫起来。

大理石茶几角沾到了血迹。他在倒下时，后脑勺撞到了茶几角。

我战战兢兢地把手放在男人嘴边，他已经没有呼吸了。我抬起他的手腕为他把脉，他的心跳也没有了。

惨了。我杀了他。

我倒退着，双腿发软，一屁股坐在地上。怎么办？必须赶快逃离这里。正当我这么想的时候，我看到了那样东西。

男人拎着的纸袋里有一个细长形的盒子。

3

电话很快就接通了。"怎么了？"A问话时的声音没有了平时的轻松语调。

"出事了。"我对他说完这句话后，一口气说明了情况。中间因为太紧张，嘴巴无法自然活动，我好几次都差点咬到舌头。

A听完之后，沉默了片刻。我很担心他会挂电话，但是，A没有这么做，只说了一声"我知道了"。他的语气太沉着了，这让我有点不知所措。

"那个盒子在你那里吧？"

"对。"我看向桌上装有盒子的纸袋。纸袋如果放在地上，可能会沾到血，但其实那个男人似乎不再流血了。

"你有没有确认里面的东西？"

"有。就是照片上的雕像。"

"好。"A简短地回答，又继续说，"这样也好，接下来就按原定计划处理。"

"原定计划……"

"就是连同盒子把雕像带走,然后去约定的地方交给我。就是这样。"

"尸体呢?尸体该怎么处理?"

"不用处理,留在原地就好。"

"但是……"

"但是什么?"

"这样不太好吧,这件事会变成重大案子。"

A叹了一口气说:"你说得没错,但只是从入室盗窃案变成了入室抢劫杀人案。原本我们就料到警方会采取行动,现在那个人死了,报案时间会延后,这反而对我们更有利。死掉的那个人是独居的上班族,最快也是明天之后才会有人报警。他没去上班,所以等到有人去他家,发现尸体的时候,你已经在自己家里喝酒庆祝了。"

"我不会被人发现吗?"

"为什么会被人发现?"A用轻松的语气说,"没什么好怕的,即使警方调查被害人身边的关系,也不会查到你的名字。你有注意监控吧?"

"我有照你的指示去做。"

"没留下指纹吧?"

"我一直戴着手套。"

"那就没问题了,你赶快离开那里,小心别留下一些奇怪的证据。"

听 A 这么一说,我觉得很有道理,心情也渐渐平静下来。

"那件事要怎么办?不是要我留下可以明确判断作案时间的线索吗?"

A 有些不以为意地说:"不是留下了很大的线索吗?就是被害人的尸体。只要确认公寓的监视器,警察就可以知道他几点回家的。如今都是科学办案,警察可以准确判断死亡时间,并很快查出案件发生的日期和更具体的时间。"

"有道理。"

"不要动一些不必要的手脚,严禁多此一举,知道吗?"

"知道了。"说完,我挂上电话。A 真是经验丰富的老手,想到他至今不知道处理过多少可怕的事,我就不由得害怕。

我拿起放在桌上的纸袋,巡视四周,确认是否有什么失误,最后看向尸体。虽然我很同情他,但这也是无可奈何的事。我本无意杀他,全怪他在不该回家的时候回家——虽然不知道是什么原因,而我只是想要完成受委托的工作。为了生存,我愿意做任何事。

当看到男人戴的手表时,我忍不住感到奇怪,因为他的手表指着六点三十分。

我看了自己的手表，已经快六点四十分了。他的手表慢了十分钟吗？

仔细看了他的手表，我不由得倒吸了一口气。手表的玻璃盖上有一条裂缝。

该不会……我走近再度细看，发现秒针果然停了。应该是刚才跌倒时的冲击，把他的手表撞坏了。

这样刚好，警方可以明确案件发生的时间了。这么想之后，我立刻想到另一件事。

我想起了很久之前看的一部电视剧。那是剧情很粗糙的两小时推理剧，那部推理剧中就使用了"坏掉的手表"这个诡计。凶手为了伪造作案时间，故意把被害人的手表调到错误的时间，然后再把手表打坏。当时我还想手表没那么容易打坏吧，如果看到了打坏的手表，我反而会怀疑这是凶手故布疑阵。

"严禁多此一举"——A说的话在我脑海中一次又一次回响。

我战战兢兢地把手表从他的手腕上拿了下来。那是老旧的机械手表，指针果然停在了六点三十分。我摇了摇，又敲了敲手表，秒针仍然没有动。

我忍不住思考起来。如果我把手表留在这里，警察会怎么想？他们会乖乖认为案件发生时，手表刚好坏了，所以停在了这个时间吗？

不，应该不可能。我越看越觉得坏掉的手表很可疑，充满了不自然的感觉。用 A 的话来说，就是看起来像"不必要的手脚"。如果我把手表留在这里，警方一定会怀疑："虽然好几个证据都显示作案时间是六点三十分左右，但这块手表会不会是凶手故布疑阵？会不会并不是实际作案时间？"

我越想越头疼，明明没有故布疑阵，却必须担心被警方怀疑是故布疑阵，这真是太让人头疼了。

最后，我把坏掉的手表塞在夹克的口袋里。既然不想留下，我就只能带走。

我站起来，拎起纸袋，再度检查室内，之后走向玄关。

和进来时一样，我在离开时也避免被监控拍到脸。我边走边回想自己的行为，虽然没有疏忽，但我还是很担心手表的事。

4

晚上七点半，我和 A 在约定的地方——我公寓附近的公园——见面。A从盒子里拿出雕像，心满意足地连连点头。

"很好，一切都很完美。我果然没看错你，做事很到位，也很值得信任。"说完，他从怀里拿出一个大信封。

我接过信封，看到里面的纸币后倒吸了一口气。信封里装满了面额为一万日元，全都新到会割破手的纸币。

"这个雕像这么有价值吗？"

A把雕像放回盒子后，不怀好意地笑了笑："你知道得越少越好。"

"哦……也对。"

"这对我们双方都比较好。"

"我知道。只是没想到会变成这样，竟然会杀死一个人……"

A用力拍了拍我的肩膀。

"这是命。那个男人运气不好，就是这么简单而已。你不必放在心上，赶快忘记吧。"

"把尸体留在那里真的没问题吗？"

"没问题，我刚才在电话中也说了，只要警方正常办案，绝对不会查到你的，会先怀疑是熟人作案，也会去查想要这个的委托人。"A高举纸袋，说，"但是，委托人今天有完美的不在场证明，所以一切都会很顺利。"

"警方会查出正确的作案时间吗？"

A听了我的问题，身体向后一仰。

"你干吗担心这个？只要别动一些不必要的手脚，不会有问题的。要相信警察。"

不必要的手脚——我按着夹克的口袋，摸着那块手表。

"怎么了？有什么问题吗？"A问我。

我犹豫着该不该告诉他手表的事，但最后默默摇了摇头。即使现在告诉他也解决不了任何问题。

"那就改天见。如果有好工作，我会介绍给你。那个房间的钥匙，你负责处理掉就好。"A说完，就快步离去了。

我慢慢离开公园，但心里的疑问还是无法消除。

我拿走尸体上的手表真的是正确的决定吗？警方早晚会发现他的手表不见了，会不会对这件事产生疑问，搞不懂凶手为什么会拿走并不是什么高级商品的手表？

如果只是这样也就罢了，问题在于警方还可能产生奇妙的想象。

警方也许会想到，拿走手表意味着时间是这起命案的关键。当然他们也可能怀疑分析出来的作案时间，怀疑凶手可能在故布疑阵。

我越想越感到不安。

要不要放回去？把手表戴回尸体的手腕上？幸好钥匙还在我身上，现在应该还来得及。我从口袋里拿出手表。

不，但是——

手表指着六点三十分的时间，我还是觉得这很像刻意动的手脚，但也许警方以为这是故意伪造的作案时间，所以我再度觉得不能把手表留在现场。

我举棋不定，闷闷不乐地走在街上，不小心撞到了人。对方哇地大叫一声，差一点跌倒，我立刻抓住了他的手臂。

对方是一个干瘦的白发老人。"对不起。"我向他道歉。

"不不不，没关系。"老人一脸平静地摇了摇手，"我刚才也没注意看。"

他正在拉下铁卷门。我看向那家店，忍不住瞪大了眼睛。那是一家钟表店，而且是最近很少看到的老钟表行，纸上的"换电池免等"之类的也是手写的。

我突然闪过一个想法。

"怎么了吗？"看起来像是老板的白发老人问我。

我从口袋里拿出那块手表问："这个可以修理吗？"

撞到的对象突然变成了顾客，老人一脸意外地接过手表。他一接过手表，立刻露出看起来很专业的表情仔细打量着。

"很难说，要打开看看才知道。"老人说着，就拿着手表走进了店里。我也跟着他走了进去。

老人坐在小店角落的工作台前开始检查。他戴上了有双重镜片的眼镜，用工具打开了手表的后盖，检查手表内部，然后自言自语地说："哦，原来是这个零件变松，脱落了。"

"可以修好吗？"

"可以，应该马上就可以修好。"

老人驼着背，认真开始修理。他固定好手表零件，双手拿起各种工具的样子看起来很可靠。

不一会儿，老人就挺直身体，满意地点了点头说："好，这样应该没问题了。"

"修好了吗？"

"应该算修好了，但有裂缝的玻璃要向厂商调货。"

"秒针会走了吗？"

"在走啊。"

"玻璃没问题，我赶时间。"

即使玻璃盖子有裂缝，只要秒针会走，就没有问题。

"是吗？那我帮你调好时间。"老人盖上了手表的后盖。

我付了钱，走出钟表店，急急忙忙赶去刚才去过的公寓。

走进房间后，我忍不住有点紧张。尸体已经被人发现的不安冲击着我，但如果尸体被人发现了，警察应该早就赶到了。

房间内的情况和我离开时一样,男人的尸体维持着和我最后看到的相同的姿势,倒在地上。

我戴上手套,把手表戴在他的左手上。手表显示了目前的时间——八点二十三分。秒针很有力地走着。

这样就万无一失了。我放心地离开了。

5

四天后,电视新闻报道了这起事件。根据女主播的报道,因为死者无故旷工,再加上他的电话打不通,公司同事去了他家,向物业管理人员说明了情况,请人打开他房间的门,结果发现了尸体。监控的影像显示死者在前一天傍晚回到家,同时房间内有被人翻动的痕迹,因此警方判断死者在回家后遭人攻击的可能性相当高。

"太好了!"我在电视前做出了胜利的手势。听新闻的内容,警方对作案时间没有产生任何疑问。如此一来,委托人的不在场证明就没有任何问题了,A 也会感到满意。

我去冰箱里拿了罐啤酒,再度盘腿坐在电视前喝了起来。我忍不住想要哼歌。

我按着遥控器,想要看其他台是否也播报了这则新闻。这时,我听到门铃发出难听的声音。今天没有人会来找我,应该也不是快递,八成是推销员。我不想理会门铃声,没想到接着传来了"咚咚咚"用力敲门的声音,而且门外的人还叫着我的名字。

"你在家吧?请你开门,房东要我送东西给你。"门外响起一个陌生男人的声音。

听到这个人提起房东,我感到很纳闷,因为我昨天已经付了拖欠的房租。

无奈之下,我只能站起来打开门锁,但仍然挂着门链。

"你好。"一个圆脸的中年男人露出迎合的笑容,有点稀疏的头发剪得很短。他身穿灰色西装,双手抱着一个盒子。

"你是哪位?"

"我刚才不是说了吗,是房东派我来把这个交给你。"

盒子虽然不大,但也没有小到可以从门缝塞进来。我咂了一下嘴,关上了门,拿下门链后,再度打开门。

"哎呀,哎呀,你好,你好。"圆脸男人边说边走了进来。

"你干吗?不要随便进来。"

"有什么关系嘛。来，这个给你。"

我接过盒子，发现盒子很轻。我当场打开一看，忍不住张大了嘴。里面只有一张纸，是我昨天付的房租收据。

为什么房租收据会放在盒子里？我在这么想时产生了不祥的预感。我瞪着男人，想要叫他出去。

我还来不及开口，男人已经拿出了什么东西。

"我有几个问题想要问你，可以占用你一点时间吗？"

他拿出的是警察的徽章。

我一时说不出话，傻站在原地，刑警看向我身后说："咦？你在看电视啊，而且在大白天喝啤酒，可真悠闲啊。你该不会在看各个台的新闻节目吧？"

我转过身，拿起遥控器，关掉了电视。然后面对刑警问："有什么事吗？"

"我不是说了吗，有几个问题想要问你，先从这件事开始问起。"刑警捡起掉在地上的纸，就是那张房租的收据，不知道什么时候掉在地上了，"你昨天付了拖欠的房租。"

"不可以吗？"

"当然可以，这很好，只是我想请教你钱是从哪里来的。你并没有工作吧，却可以一下子拿出这么一大笔钱，谁都会觉得奇怪吧？"

"……我借来的。"

"哦,向谁借的?"

"这不关你的事吧?这是我的隐私。"

"即使借钱给你,你也无法偿还。即使这样,仍然愿意借钱给你的人简直就是菩萨,有这种人吗?"

"少废话,不用你管。"

我好像赶苍蝇般挥着手,尽管头脑混乱,仍试图分析清楚眼前的状况。刑警为什么会上门?难道是因为我突然付清拖欠已久的房租,房东感到奇怪,所以去报警了吗?但刑警不可能因此就上门。

"那我再问下一个问题。"刑警把手伸进西装内侧的口袋。

"还有其他问题?"

"我刚才不是说有几个问题想问你吗,你有没有看过这个?"刑警把一张照片出示在我面前。

我看到照片,立刻感到惊愕不已,因为照片上面就是那座雕像。

刑警露齿一笑说:"显然你看过。"

"不,没有,没有没有。"我用力摇着手,"我从来没看过这种东西。"

"哦,是这样啊,但你是不是很想知道这座雕像的详细情况？比如，到底有什么价值。"刑警把照片出示在我面前，看着我的表情。我以为自己面无表情，没想到他不依不饶地说："看来我猜对了。"

"我完全不知道你在说什么。"我摇着头说。

"是吗？那我接下来说的话，就当作我的自言自语。这座雕像很有价值，但并不是作为艺术品很有价值，有价值的是材质。这并不是普通的白色石头，你觉得这是什么材质？"

"不知道，反正和我没有关系。"我虽然这么说，但还是很想知道下文。

"其实这是毒品。原本是白色粉末，被人用特殊的方法做成了石头般坚固的状态。在这种状态下，这些毒品浸在水里也不会溶化，也没有味道，更不必担心会被缉毒犬闻出来。对想要走私的人来说，这简直太完美了。不久之前，警视厅接获线报，说有人把它带入日本。组织犯罪对策课立刻着手追查把这个雕像带入日本的人，而且前天因为一件意想不到的事，查明了那个人的身份，就是四天前东京市内发生的一起命案中的被害人。我们搜查一课的刑警和组织犯罪对策课的人都很雀跃，觉得掌握了重大的线索。没想到找遍死者家中，我们也没有找到这座雕像，所以雕像应该是被凶手拿走了。"

我无法克制地全身冒汗。原来那座雕像是这么可怕的东西。

难怪 A 听到有人死了，也露出若无其事的表情，他背后一定是巨大的组织。

"由此可见，凶手知道这座雕像的内情，而且知道这座雕像在被害人手上。我们发现了几个有重大嫌疑的可疑对象，可惜每个人都有完美的不在场证明，而且这些不在场证明都完美到有点不自然的程度。作案时间是四天前，被害人回家后的傍晚六点多到八点之间，这几个可疑对象不是去远方旅行，就是在公开的场合和别人在一起。于是，我们想到了另外的可能性——主谋就是这几个可疑对象之一，不，也许所有可疑对象都以某种方式和这起命案有关，但实际下手的另有其人。凶手可能是和这些可疑对象没有任何关系的人，是我们追查他们的人际关系也不可能找到的人。"

我的视线从刑警皮笑肉不笑的脸上移开，忍不住思考原因——警察为什么会找到我？难道我留下了什么线索吗？监控并没有拍到我的脸。不，即使看到了我的脸，也没有理由认定我就是凶手。

"网络助长了犯罪行为，"刑警说，"交友网站不仅提供了陌生男女认识的机会，还让素不相识的罪犯和罪犯、罪犯和有犯罪倾向的人、有犯罪倾向的人和有犯罪倾向的人、没有犯罪意识的人和以犯罪引起骚动为乐的人等发展出不同的共犯关系。如果还有人居中介绍，警方根本无从查起，很难找到共犯关系双方的交集。"

照理说应该是这样的，A也这么说。既然这样，刑警为什么会找上门——我很想问他这个问题。

"既然无法从人际关系中找到线索，进而发现凶手，刑警的工作就变得很不起眼。"圆脸的刑警继续说，"刑警只能在作案现场附近四处打听，或调查留在现场的物品。你知道我负责什么吗？我负责追查被害人在回家之前去过什么地方。这是上面的命令，我只能遵从。老实说，我很失望。毕竟目前已经查明被害人遇害是在他回家后，所以凶手可能在被害人家里等他，或是在被害人家里找东西时，被害人刚好回家。无论是哪一种情况，被害人在回家之前在哪里做了什么事，和这起命案根本没有关系。我觉得自己抽到了下下签。"

听到刑警这么微妙的形容，我忍不住抬眼瞄着他。他想要说最后发现这并不是下下签吧。但是为什么呢？

"但是，时间是对不上的。那天，被害人身体不舒服，比平时提早两个小时下班了。具体时间是下午五点三十分左右。从公司到家里，再怎么快，路程都会超过四十分钟。监控也证明了这一点，他在六点二十分左右回到家里。"

刑警的话让我觉得更加混乱了。他五点半左右离开公司，

坏掉的手表

花四十多分钟回到家,六点二十分左右到家不是很自然吗?

"你一定对我刚才说时间对不上产生了疑问吧?"刑警好像看透了我内心一样说道。

被他猜中了,但我没有吭声。刑警露出一丝微笑。

"如果他从公司直接回家,时间就对得上,但他不可能直接回家,他在回家之前应该是去了其他地方。虽然有迹象显示他去了其他地方,但他却没时间去,所以我们伤透了脑筋,只好再度开始查访。"

"去哪里查访?"

刑警挺起了胸膛,好像等待这个问题已久。

"去钟表店。具体来说,是修理老旧机械表的店。我拿着被害人的照片和手表,去问了好几家钟表店。"

我觉得后脑勺好像被人用力打了一下,接着双腿发软,瘫在了地上。这时我才发现自己刚才站着呢。

"为什么去钟表店?"我说话的声音听起来很无力。

"因为,"刑警说,"手表被修好了。"

我没听懂这句话的意思,闷不吭声地眼神飘忽着。

"听说被害人那天一整天都在抱怨,说他在晨跑时跌倒了,把手表弄坏了,因为打算去修理,所以就戴在手上,但还是很不方便。他的好几个同事都证实了,在他离开公司时,手表仍然没有修好。奇怪的是，我们在发现尸体时，手表的指针竟然还在走。并不可能是偶然的原因让手表刚好动了起来，因为手表上的时间很准确。只可能有一个原因，就是手表被修好了。问题在于他什么时候去修的。我们一直以为只有被害人会把表拿去修，所以时间对不上的问题让我们伤透了脑筋。但是，在一家钟表店听到的话解决了这个问题——不是被害人，而是另一个人拿了手表去修。"

刑警的话穿透了我的脑海。我意识到自己的思考完全停了，但还是想起了坏掉的手表表面。六点三十分——原来那是早上的时间。

"钟表店的老板清楚地记得那个客人。"刑警好像在说什么愉快的回忆，"他说好久没有摸到机械表，所以当时很高兴。而且那个客人还用崭新的一万日元大额纸币付了修理费用。我问他那张一万日元的纸币还在不在，他回答说还在。我当然请他配合调查，并把那张纸币带回警局了。因为那张纸币是新钞，所以鉴识人员调查后果然发现了纸币上清楚留下的指纹，也因此掌握了意想不到的重大证据。只要比对包括违反交通规则采集的指纹在内，就可以轻易比对出指纹的主人，就可以查出谁用了那张一万日元的纸币。"

我想起在付钱给钟表店的老板时，我从 A 给我的信封中拿出了一万日元。

"情况就是这样,"刑警从怀里拿出另一张照片,照片上是我的脸,那是我驾照上的照片。"我同时发现,就是照片上的这个人去修理手表。调查命案发生的那栋公寓的过程中,发现与照片上的长得很像的人出入过公寓好几次。既然如此,我就必须直接向当事人了解情况,这就是我来这里的原因。可以麻烦你和我去分局一趟吗?"

我无法动弹,也无法回答,茫然地看着天空。

刑警又继续说道:"但是,我绞尽脑汁也想不明白。我刚才说有好几个问题想问你,但真正想问清楚的只有一件事。"刑警竖起了食指,"你为什么要修那块手表?可不可以私下告诉我?"

我抬头看着刑警的脸,刑警的眼中充满好奇。

为什么要修那手表?——我茫然地思考着该怎么说明。

サファイアの奇跡

通常迷信都不可信，但蓝宝石的诅咒有明确的事件来佐证。几个丧命的饲主的情况都符合这个条件。没有丧命的饲主都在蓝宝石生第十七只小猫之前就收手了。

蓝宝石的奇迹

1

未玖以前一直以为自己住在一个小地方，因为买东西只需要在附近买，走去学校也不超过十分钟，同学也都住在附近，彼此可以经常串门。即使走在街上，她也很少会遇不到熟人。

但是，升入五年级后，她发现之前只是因为自己的活动范围太小。只要多走几步，她就可以发现以前从来不曾看过的世界。比如，高耸的办公大楼、门口有漂亮装饰的餐厅，还有让人完全搞不清楚到底在卖什么的商店。

她也是在升入五年级后才知道有一座神社在她意想不到的地方。某天放学回家时，她心血来潮地走了一条和平时不同的路。那条路只是稍微偏离了车辆川流不息的干线道路，就变得十分冷清，简直就像时间停止了一般。道路两旁是老旧的民宅，也有零星几家小商店，但这些商店几乎都拉上了铁卷门。

那座神社就在这些房子的缝隙里。神社内有小小的石阶，人沿着石阶往上走，就可以看到功德箱，而摇动粗大的绳子，头上就会响起当当的铃声。

"希望我可以变成有钱人。"她把心愿说出了口,只是说得很小声。

未玖家并不富裕。父亲意外身亡,母亲白天在超市打工,晚上还要去居酒屋打工,这样才能维持一家人的生活。她无法渴望一些昂贵的玩具,也无法和同学一起去玩一些会花钱的游戏,所以在放学后经常单独行动,否则就会忍不住羡慕其他同学。

她总是希望家里变有钱,但并不是为了挥霍,而是希望总是一脸疲惫的母亲可以轻松一点。

她面对着功德箱前方祈祷,只是她没有在功德箱里投下一日元。

如果只是这样,未玖之后不会每天都去这座神社。转变源于未玖在经过小小的鸟居,准备走出神社时,看到了它。

它就在神社周围的石阶上,四肢都缩到了身体下方,做出猫最擅长的母鸡蹲姿势,一脸深思熟虑的表情,微微闭着眼睛,看起来好像在思考什么哲学难题。

它是一只有浅棕色斑纹的猫,额头上有几道深棕色的条纹。未玖走向它,原本以为它会逃走,没想到它一动也不动,只是瞥了未玖一眼。

情人节终章

有什么事吗？未玖觉得它好像在这么问。

未玖伸手抚摸它的身体。它的毛很柔软，摸起来像新开笔的毛笔。它的喉咙发出呼噜呼噜的声音。未玖知道了它现在是高兴的，暗自松了一口气。

不一会儿，它站了起来，转头看着未玖，然后舔着她的手，发出了"咕"的声音，既不是喵呜，也不是喵喵，而是"咕"的声音。

未玖觉得它在说——我肚子饿了。

未玖打开了书包，因为她想起书包里有午餐剩下的面包。她撕下一小块，放在它鼻子前。它把头转到一旁，好像在说："这是什么臭东西，难道没有更好的食物了吗？"

"对不起，"未玖向它道歉，"我明天会带别的食物给你。"

它的鼻子抖了几下，未玖觉得它在表示期待。

第二天放学后，未玖一回到家，就打开冰箱看看里面有什么。

猫喜欢吃什么食物呢？酸梅、酱菜、薤头、生鸡蛋——猫不可能吃这些东西。未玖正这么想的时候，看到了奶酪鱼糕。她抽出了一条，藏在口袋里。

冰箱里没有其他看起来好吃的食物了。她又去找了放零食的柜子，发现那里有饼干和棉花糖，这些她也放进了口袋。棉花糖是未玖自己要吃的。

把口袋装满食物后,她走向神社。猫不在昨天出现的地方,她无奈地摇了摇铃,走下石阶,然后看到它从树林中缓缓走了出来,抬头看了未玖一眼。

未玖觉得它好像在说:"你又来了啊。"

未玖蹲在地上,从口袋里拿出奶酪鱼糕,撕开塑料纸,再把奶酪鱼糕撕成小块放在了猫面前。猫小心翼翼地嗅后舔了几次,但并没有把奶酪鱼糕吃进嘴里。

"你为什么不吃?"未玖问。

猫没有反应,露出像哲学家一样的表情,做出了母鸡蹲的姿势,完全不吃面前的奶酪鱼糕。

"那这个呢?"

未玖又把饼干放在它面前,但它只是把鼻子稍微凑近了些,连舔都不舔。它似乎也不喜欢吃饼干。

未玖在旁边的石阶上坐了下来,从口袋里拿出棉花糖,把一块棉花糖放进嘴里,抬头看向远方。夕阳余晖让天空变得很漂亮。

有什么东西碰到了她穿着牛仔裤的双腿,她吓了一跳,低头一看,发现猫不知道什么时候靠了过来,还把两条前腿放在了她的腿上。猫用力伸展身体,鼻子顶着棉花糖的袋子。

"啊？你要吃这个？"

未玖从袋子里拿出棉花糖，放在猫的鼻子前。猫舔了一下，然后毫不犹豫地咬了一口，咀嚼了几下吞下去后，又咬了第二口。几次之后，整块棉花糖都进了它的肚子，但它似乎没有满足，再次用鼻子顶着袋子。未玖又拿出了一块棉花糖。

吃完第二块棉花糖后，猫似乎感到心满意足，坐在未玖的腿上缩成一团，好像在命令未玖抚摸它。

未玖抚摸着猫的身体，猫的喉咙又发出呼噜呼噜的声音。未玖也觉得很放松。

那天之后，未玖每天放学后就会去神社。虽然学校禁止学生带零食，但她把装有棉花糖的袋子藏在了书包里。

未玖为猫取了"稻荷"这个名字，因为它的毛色很像用豆皮做的稻荷寿司，而且也有神社的名字是"稻荷"这两个字。

她也为稻荷戴了项圈，因为她觉得野猫很快会被抓去动物收容所，她用在百元店买的粉红色皮带为它做了项圈，戴在它的脖子上。没想到粉红色的项圈搭配稻荷的淡棕色毛发竟然很好看。

未玖和稻荷聊了很多事，主要是关于未来的梦想。未玖梦想成为美发师。她想要为不同的人剪出最适合他们的发型，为他们染发，或为他们烫发，让他们在走出发廊时有整个人焕然一新的感受。未玖一想象他们向自己道谢的样子，就兴奋不已。

她当然没有说出来，只是抚摸着稻荷的身体，在心里轻声呢喃。奇妙的是，她好像听到稻荷回答的声音。

这个梦想真不错。但是，想要实现这个梦想，你就要好好读书，不可以说自己不喜欢算术。当美发师不需要算术吗？没这回事，万一找错钱就惨了。而且你至少要读完高中，想考上高中就要学好算术。不，中学之后，算术就会改称为数学。

对未玖来说，和稻荷在一起的时间是无可取代的、非常宝贵的，无论遇到多么痛苦的事，只要和稻荷在一起，内心就可以获得疗愈。

没想到——稻荷不见了。

那天，未玖和平时一样在放学后去神社，和平时一样摇动粗绳子，摇响了铃声，但平时听到铃声就会出现的稻荷迟迟没有出现在未玖面前。

她觉得很奇怪，但还是回了家。第二天放学后，她又去神社找，还是不见稻荷的踪影。第三天、第四天也都没有见到稻荷。

神社内有一个小型办公室，有时候有人，有时候没有人。未玖从来没有和里面的人说过话，但还是鼓起勇气打听了一下。对方是一位白发叔叔。

"哦，你这么一说，最近好像真的没看到那只猫。"那位叔叔似乎也知道稻荷。

"你知道它去了哪里吗？"

叔叔听了未玖的问话，苦笑着说："不知道。它是野猫，可能去了别的地方吧。"

不可能。未玖心想。稻荷不可能去其他地方，至少不会不告而别。

然而，之后她再也没有见到稻荷，渐渐不再去神社。

两周后，未玖放学回家走在干线道路的人行道时，有什么熟悉的东西跳进了她的视野。

粉红色的皮带项圈套在护栏的一根支柱上。

她赶紧冲过去确认。没错，就是之前戴在稻荷脖子上的项圈。这是未玖自己制作的，不可能看错。

怎么回事？怎么回事？

未玖只觉得头脑一片混乱，努力思考着到底发生了什么事，她立刻想到了答案，却拒绝接受这样的答案。

套着项圈的护栏下方放着鲜花。

2

未玖知道对着路摆放花所代表的意思。这代表有人出于某种原因在那里送了命。不，不一定是人类，总之，有生命在这里结束了。

未玖从每天放学后去神社，变成了每天在套着项圈的护栏附近等待。她想要确认是谁在那里放了鲜花。那束鲜花还很新鲜，未玖猜想也许有人会定期来这里供花。幸好附近有一个小公园，她可以在公园看着护栏这个方向。

她并不是二十四小时守在那里，只是在放学后，坐在那里的长椅上看一个小时左右，假装看书，实际则是监视护栏那个方向的情况。她告诉自己，这么做是白费力气，不可能找到供花的人，但她仍然坚持这么做，这只是为了让自己心安。

她开始监视的一周后，发生了意想不到的事。一辆小货车停在公园旁，一个身材壮硕的司机下了车。他手上拿着一小束花，将地上已经枯掉的花移开后，再把手上的花放在那里，然后好像在祈祷般，在面前挥了几下，转身回到小货车上。

未玖惊讶地站了起来。没错。一定是这辆小货车的司机把稻荷的项圈挂在那里的护栏上的。

她冲了出去。小货车传出引擎发动的声音。如果此刻没有追到，也许她再也见不到他了。

小货车驶了出去，未玖拼命追赶，挥着手，大声叫着："等一下，等一下。"

她追了一会儿，小货车放慢了速度，缓缓停在路旁，驾驶座旁的门打开了，一个方脸、短发的男人一脸讶异地探出头问："怎么了？有什么事？"

未玖跑了过去，上气不接下气地问："请问那束花是怎么回事？那里曾经发生过什么事？"

司机皱起眉头问："你为什么问这个问题？"

"因为，"未玖说，"因为稻荷的项圈……"

"稻荷？"

"猫。"

司机惊讶地睁大了眼睛，说："原来是你家的猫？"

"不是我家的猫，但我和它很好……"

"是这样啊。"司机小声嘀咕了一句，然后熄火，下了车。

"我并没有开快车，也没有不专心，"司机说，"我只是像平时一样开车，没想到那只猫突然冲到车子前……我根本躲闪不开。虽然我踩了刹车，但有砰地撞到什么东西的触感……说触感好像有点奇怪，总之，我有这样的感觉。我下车一看，那只猫倒在地上，浑身无力，一动也不动。我不知道该怎么办，但总不能弃之不顾，对吧？我用手机查了一下，发现附近有一家动物医院，我就带它去那家动物医院，但最后还是没有救活。好像是内脏受了重伤，医生说救不了了。医院说会帮忙处理尸体，我就带着项圈离开了。之后心里仍很不舒服，我就在那里放了花祭拜它。"

未玖听着听着就哭了起来。稻荷果然死了。

司机告诉了她他带稻荷去的那家动物医院。开车过去很近，但走路就有点远了。

"要不要我开车送你去？"司机问，"反正我顺路。"

虽然小时候妈妈就叮嘱她不可以跟陌生人走，也不能搭陌生人的车，但未玖还是点了点头，因为她觉得会在意辗死的猫的人不可能是坏人。

司机带她来到一栋白色的大房子前。未玖原本以为会来到一家小型动物医院，所以有点意外。

"既然来了，我也去看看。"司机和未玖一起下了车。他和柜台的人聊了起来，似乎在问之前送来的那只猫最后怎么样了。

他果然不是坏人。他刚才说自己因为闪避不及才会撞到稻荷，应该也是真的。

候诊室很宽敞，有几个人坐在那里，他们都带着猫或狗。这些宠物都被调教得很好，乖乖地在那里，但也可能是因为生了病或受了伤才这么安静，但至少它们还活着。未玖继续想着，稻荷已经不在这个世界上，也不会再回来了。

稻荷。未玖在心里呼唤着它的名字。想到再也无法抚摸它柔软的毛，她就不由得悲从中来。

稻荷——

就在这时，未玖觉得有什么进入了她的心里。既像是呢喃，又像是熟悉的气味，也像是一阵暖风。她抬起头，东张西望着。

除了通往诊室的门以外，还有一道门，上面写着护理室。一对看起来像是夫妻的男女走了出来。那里似乎可以自由进出。

未玖站了起来，因为她觉得刚才感觉到的来自那里。

走进去一看，未玖发现里面有很多笼子。住院的猫、狗都蜷缩在笼子里，被关在狭小空间内的样子很可怜。一只博美犬看着未玖，无力地摇着尾巴。

里面还有一道门，门上贴着"非工作人员禁止进入"的字条。未玖的双眼无法离开那道门，她觉得门内有什么东西让她心跳加速。

她吞着口水，转动了门把手。没有锁，门被顺利地打开了。

门内是昏暗的走廊。未玖战战兢兢地走了进去。心跳持续加速，但她没有停下脚步。

走廊尽头又有一个像是笼子的东西，但这个笼子很大，是不是特殊动物用的笼子？

但是，里面是一只猫。那是长毛猫，体形中等。它坐在笼子中央，一动也不动。

未玖瞪大了眼睛。那只猫显然具有和其他猫不同的特征。不，不光这样——

下一刹那，有人用力抓住了她的肩膀，她差一点叫起来，但她太害怕、太惊讶了，结果无法发出声音。她转头看，一个身穿白袍的男人站在自己背后。

"你在这里干什么？"男人问。

未玖的嘴一张一合，却无法回答。

男人拉起了笼子前的帘子，低声说："不可以把这只猫的事告诉任何人。"接着又低头看未玖的脸，叮嘱道："知道了吗？"

她无法发出声音，重重地点了两次头。

未玖被那个男人推着走了出去，回到了刚才的护理室，男人此时锁上了那道贴了"非工作人员禁止进入"字条的门。

回到候诊室，未玖发现刚才一起来的小货车司机正在找她。他有点生气地问："你去哪里了？"

"对不起，我在看住院的宠物。"

"原来是这样，那你至少应该跟我说一声。"司机压低声音后继续说，"那只猫果然没有救活。尸体已经请工作人员火葬了，但他们说不知道把骨灰葬在哪里。"

"哦……"

"不好意思，我只能做到这样。你家在哪里？我送你回去。"

未玖摇了摇头，回答说可以自己回家，然后回头看了一眼护理室。

刚才那个身穿白袍的男人站在门前。他原本用冰冷的眼神看着未玖，但看到未玖后立刻转过头，打开门，走了进去。

3

仁科看着大笼子，忍不住叹气。五只刚出生的小猫你推我挤地抢夺泰贝莎的奶头。任何人看到这一幕可能都觉得可爱，但仁科的心情却很差。

泰贝莎是银色金吉拉母猫，血统纯正，毛色也很漂亮。这次生下的小猫中有三只是白色的，两只是灰色的，长得都很漂亮，应该不难找到想领养它们的人。

"但是，时间真的不多了。"他忍不住嘀咕。

坐在旁边沙发上编织的妻子苦笑着说："看来你终于决定放弃了。"

"但又想再挑战一次。"

"不行，你不知道照顾小猫有多辛苦吗？要找到愿意领养它们的人也不容易。"

"我当然知道，也知道你很辛苦。"仁科回头看向今年六十六岁的妻子。一只银灰色的猫睡在她身边。它是泰贝莎上次生下的猫，但最后没找到愿意领养它的人，他们只能自己养。

"但是，"仁科依依不舍地说，"我总觉得下次应该会成功。"

"不行。"妻子停下手中的动作，语气坚定地说，"你知道到目前为止泰贝莎已经生了几只吗？"

仁科皱着眉头说："我知道。我当然也有计算。"

"截至上次总共有十只，这次有五只，所以到现在有十五只。我已经说过好几次了，我一直很担心，万一这次生下七只该怎么办？"

"我不是说了不必担心吗？泰贝莎的身体不可能生七只，而且也真的只生了五只。"

"只是运气好吧。总之，到此为止，如果它下次再怀孕，不可能只生一只。"

"那只是迷信而已，我觉得没必要因此感到害怕。"

"你别不信邪，你应该知道那些和你一样不信邪的人，都无一例外遭到诅咒了吧？"

"我当然知道……"

"你趁早死心吧。"妻子用强硬的口吻说完，再度低头编织，"如果你坚持，那就先和我离婚。我可不想被卷入诅咒。"

仁科撇着嘴，摸着已经稀疏的头顶。

"好吧。这样的话，那只公猫怎么办？总不能留在家里吧？"

"我都无所谓，但如果要把那只公猫养在家里，就要做绝育。"

"或转给其他猫咪繁育者。"

"会有人愿意养吗？"妻子一边编织，一边偏着头问，"听说专业的繁育者都认为'蓝宝石的奇迹'不会发生。"

"不知道有没有人愿意把它当作宠物养。光是养它，就很值得炫耀了。"

"两年前还有可能，现在……我觉得让它在我们家安度余生是最理想的。之前它已经换过好几个饲主了，现在也该让它过安稳的日子了。"

"做完绝育之后吗？"

"那当然。"妻子用力点头，"我也不希望被诅咒。"

仁科嘿哟了一声，站了起来。

"你去哪里？"

"我去看大王。"

仁科走出房间，站在隔壁房间的门口。门上有一个可以让猫出入的小口。不光这扇门，这个家里所有的门都设置了小门。退休之后，仁科基于兴趣成为繁育者，之后就把家里改装成这样了。

但他觉得差不多该收手，不再做繁育工作了。其实几年前他就想要收手了，体力已经不太能够支持他继续繁育工作了。然而，遇到一只猫之后，他改变了想法。他想要靠这只猫再试一次。

他打开门，走了进去。那是一间面向庭院的西式房间，有宽敞的飘窗。当初他就是看中这一点，决定把这个房间作为大王的房间。

大王像往常一样，面对庭院，悠然地坐在飘窗前。它的长毛在阳光的照射下闪着光——淡蓝色的光。

刚来这里时，大王的毛是更鲜艳的蓝色。他也同意妻子刚才说的"两年前还有可能"这句话。它的毛色最近越来越浅。

大王是波斯猫，一只公猫，名字叫蓝宝石。显然，这个名字源自它的毛色。有一种猫名叫俄罗斯蓝猫，但毛色是灰色，任人再怎么恭维，也不能说它的毛色是蓝色。但蓝宝石的毛是毋庸置疑的蓝色。第一次看到蓝宝石的人必定会问毛是不是染色了。但养了一阵子就知道，并不是染色这么一回事，因为这种猫新长出来的毛就是鲜艳的蓝色。

仁科并不太清楚蓝宝石的来历。最古老的记录是，它原本由意大利富豪收养，但富豪因生意失败而自杀，于是它遭到拍卖，被一位日本企业家拍到了。

这位日本企业家也死于非命。他和全家人一起去旅行，结果他们乘坐的船沉了。蓝宝石和它的孩子——六只小猫因为留在家里才躲过一劫。

是的，这位日本企业家也曾想要让蓝宝石繁殖后代。仁科能够理解这种心情，只要繁殖出蓝毛的猫，就将在宠物产业引发一场革命。

蓝宝石被交到了下一位饲主的手上后，那名饲主也试图繁殖蓝色的波斯猫，但无论试了多少次，生下的小猫毛色都很普通。

然后——那名饲主也死了。他在山路上开车时掉转方向不及时,整辆车冲下了山谷。具体原因不明,只能认为是操作失误。

那名饲主养了蓝宝石一年,在蓝宝石的第十七个孩子出生三天后,他发生了那起车祸。饲主为了繁殖出蓝毛的小猫,养了三只雌性波斯猫,可惜三只母猫都没有生下蓝毛的小猫。

蓝色的波斯猫具有神秘的魅力,之后又换过好几名饲主,有收藏家,也有专业的繁育者,他们的目的都是希望延续珍奇的蓝毛血统。这个梦想渐渐被称为"蓝宝石的奇迹"。然而,很多人的挑战都以失败告终。如果只是失败也就罢了,可怕的是,几乎所有饲主都死于非命。后来就渐渐出现了一个迷信——如果想要让蓝宝石生小猫,只能生十六只,当第十七只小猫出生时,饲主就会在数天之内死亡。

没有人知道为什么是第十七只,但有一个说法,波斯猫源于十六世纪被带入意大利的长毛种猫。在意大利,十七是不吉利的数字。十七用罗马数字表示就是"XVII",也可以写成"VIXI",这是拉丁语中意为"我活着"的"VIVO"一词的过去式,也就是"我曾经活过"的意思,这意味着"现在已经死了"。

通常迷信都不可信,但蓝宝石的诅咒有明确的事件来佐证。

几个丧命的饲主的情况都符合这个条件。没有丧命的饲主都在蓝宝石生第十七只小猫之前就收手了。

蓝宝石在两年前来到了仁科家。同样是繁育者的朋友挑战繁殖蓝毛猫，但没有获得理想的结果，最后只能放弃，将蓝宝石转让给仁科。仁科领养了健康的雌性波斯猫泰贝莎，它银色的毛有时候看起来像蓝色。仁科期待泰贝莎能够创造奇迹。

但是，奇迹并没有出现。泰贝莎生的十五只小猫都是普通的波斯猫，这当然不是它的过错。

仁科伸手想要抚摸蓝宝石的背，但在手指即将碰到时，蓝毛的大王转过头，狠狠瞪了他一眼，发出"呜"的低吼声，好像在说："不要随便碰我。"这种时候，如果硬要摸它，人就会被咬。

如果能用于观赏也就罢了，但这只猫完全不适合当宠物。之前的饲主也说"它完全不和人亲近"。如果你想要抱它，它就会逃走，根本不可能把它抱在腿上。它也只吃放在餐盘里的食物，如果有人想要用手喂它，它就会充满敌意地冲人吼叫。

对于蓝宝石的这个问题，有两种说法。一种说法是它无法忘记以前的饲主。据说它很黏那个溺水身亡的企业家，而且当时也的确留下了它舒服地坐在饲主腿上的照片。

另一种说是它可能是生病了。蓝宝石有过严重的疾病，据说活不久。虽然目前治愈了这种疾病，但治疗导致它性格大变。

这些说法难辨真伪。仁科只知道蓝宝石来家里时就已经不愿和人亲近了。

4

仁科经常光顾一家动物医院，他和院长有二十年的交情。这天他要去动物医院向院长请教蓝宝石绝育的问题。蓝宝石被关进了笼子里。它当然不可能乖乖进笼子，仁科和妻子两个人费了好大的力气，才终于让它进了笼子。夫妻两人为了抓它都戴上了皮手套，否则有可能被它咬伤。

来到医院后，它们发现这里重新装修过，隔壁变成了宠物美容室。动物医院的候诊室也是宠物美容室的等候区域，站在候诊室也可以看到宠物美容室的情况，一个看起来像宠物美容师的年轻女生正在为一只大狗剪毛。

"是这样啊，所以你决定放弃了。"体格壮硕的助手为蓝宝石抽完血后，一头白发的院长深有感慨地说，"真希望可以亲眼看一下蓝色的小猫。"

"这代表奇迹不会轻易发生。"仁科看着笼子内的蓝宝石。

"有没有考虑克隆猫？虽然不是它的子孙，但也会增加它的同类。"

仁科一脸沮丧地摇了摇头。

"据说曾经有人试过，还花了大把资金，结果生下的还是普通白猫。即使基因相同，毛色也未必相同。世界上第一只克隆猫采用了三花猫的基因，但它的毛色却只有两种颜色。"

"是吗？原来是这样。可见奇迹真的无法轻易发生。"院长耸了耸肩。

得知要根据血液检查的结果来决定手术的日期后，仁科走出诊室。他坐在候诊室内等待再度叫他名字的时候，看到一个年轻女生从隔壁宠物美容室走了出来。她应该还不到二十岁，穿着运动上衣和牛仔裤。

她走过仁科面前时停下了脚步，探头看着仁科旁边的笼子，惊讶地瞪大了眼睛。

"很少看到蓝色的猫吧？我先声明，它并不是染色的。"

年轻女生一脸严肃地看着笼子内的蓝宝石，好像没有听到仁科说的话。仁科可以感受到她的呼吸变得有点急促，然后听到她轻轻叫了一声："稻荷。"

"啊?"

"请问,"她看着仁科问,"我可以抱抱它吗?"

"不,我劝你还是放弃,它很不好对付,不知道该说它不愿与人亲近,还是说很凶暴……"

"但我想抱抱看。请你让我抱抱它。"年轻女生鞠躬拜托。

"真伤脑筋,我是无所谓啦,但我担心你被它咬。而且一旦放它出来,就很难让它再进去。"

"我会帮忙的。拜托了。"

既然年轻女生这么热切地拜托,仁科也不好意思拒绝。她看起来很擅长和动物打交道,所以仁科觉得这应该也无妨。

"那就让你稍微抱一下,但摸它的时候要小心。"

"好。"她回答后,打开笼子的透明门,毫不犹豫地把双手伸了进去。仁科很担心蓝宝石会抗拒,然后咬她的手。

没想到,情况完全出乎他的意料。

蓝宝石乖乖被女生抱着。她坐在仁科旁边的椅子上,让蓝宝石坐在她的腿上,蓝宝石也完全没有挣扎。当她抚摸蓝宝石的背时,它的喉咙还发出了呼噜呼噜的声音。

"难以置信。"仁科说,"虽然你是照顾动物的专家,但我没想到你可以把它驯服得这么服服帖帖……"

年轻女生似乎想起了什么,抬起头问仁科:"您还会在这里逗留一段时间吗?"

"嗯,也不急着走。"

"可不可以请您再等一下?"说完,她把蓝宝石放在椅子上,然后对它说,"乖乖在这里哟。"然后她快步离开了。

仁科再度感到惊讶,因为蓝宝石竟然听她的话,乖乖坐在椅子上,目不转睛地看着她离去的方向。

到底是怎么回事?仁科也伸出手,但在他的手即将碰到蓝宝石背上的毛时,它猛然回头,张大嘴威吓他,好像随时会咬人,仁科慌忙缩回了手。

刚才的女生回来了,手上拿了一个白色的袋子。原本乖乖坐在那里的蓝宝石似乎察觉到什么,从椅子上站了起来,然后发出了"咕"的声音。仁科之前从来没有听过它发出这种撒娇的可爱声音。

年轻女生从袋子里拿出了什么。是棉花糖。她把棉花糖放到了蓝宝石面前。

接下来发生的事也令人难以置信。蓝宝石伸长脖子嗅着味道,然后张嘴咬住了棉花糖。不仅如此,它吃了一块又一块,最后把整包棉花糖都吃了。

"这怎么可能?"仁科说,"虽然吃棉花糖这件事很令人惊讶,但更让我没想到的是它竟然愿意吃别人用手递给它的食物。

小姑娘，你用了什么魔法？"

年轻女生没有回答，但她渐渐红了眼眶。

"啊，果然是这样，果然是稻荷，你果然就是稻荷。"她无限感动地流着泪，紧紧抱住了蓝宝石。蓝色的大王猫非但没有挣扎，反而开始舔她的脸。

5

这家医院和仁科打算为蓝宝石做绝育手术的医院在建筑物的大小、占地面积，以及员工人数上都不一样。其实这里并不是医院，正式的名称中有"研究所"这三个字。虽然也为动物提供治疗，但治疗只是研究的一个环节。

仁科在这家研究所的会客室内见到了一个人，这个人白净的皮肤和薄唇散发出一种冷漠的感觉。名片上医学博士的头衔下印了安斋的姓氏。

"收到你的信我很惊讶。"安斋开了口，"我完全没有想到竟然有人会发现那只猫的真实状况。小孩的感受力果然比较敏感，可能有某些现代科学无法解释的东西。"

"虽说是个小孩,但她已经十八岁了,今年将高中毕业。"

就是宠物美容室的那个女生,她叫未玖。原本她想当美发师,在高中时知道有宠物美容师这个职业,就改变了志愿。

"我见到她的时候,她还是小女孩,她偷偷闯进禁止进入的区域,看到了蓝宝石。那时候差不多是蓝宝石做完手术一个月后。"

"你说的手术……就是那个手术吗?"仁科抬眼看着对方。

安斋点了点头,说:"没错,就是那个手术。"

仁科从带来的皮包内拿出了一份资料,那是几年前报纸上内容的复印件。报道的标题是《猫的全脑移植技术确立 已有数例成功》。

"那个宠物美容师第一次看到蓝宝石时,就在它身上发现到了自己曾经疼爱的猫的感觉。应该说,她是被这种感觉吸引,才会走进那个神秘的房间,结果看到了一只奇妙的蓝毛猫。这件事并没有特别引起她的注意,但听到医院的名字,她觉得哪里不对劲,因为她好像听过这家医院的名字,最后想起了这篇报纸新闻,而你是'全脑移植'这个研究的负责人,所以这次我才会写信给你。"

安斋吐了一口气,说:"推理能力太优秀了。"

"我在信上也写了，我无意公之于世，只是想要知道真相，也想要把真相告诉那个宠物美容师，可以请你告诉我吗？"

安斋嘴角露出微笑，抱着双臂说："正因为我愿意告诉你，我们才会见面。你在信上提到，你也试图繁育蓝色小猫，你知道蓝宝石有疾病吗？"

"我听说了，但不太了解详细的情况……"

安斋用食指指着自己的脑袋说："是脑肿瘤，癌细胞已经转移到各个器官了，它被送到我们这里时已经无法动弹。虽然饲主希望我们尽力救它，但我们根本无法救它，除了一个方法。"

"这个方法就是……"仁科看着资料。

"就是大脑移植。"安斋用平静的语气说，"移植其他猫的大脑，这是拯救蓝宝石唯一的方法，只是仍然有问题。当时的技术还不成熟，我们也已经失败了三次，但饲主说没关系，还是希望我们放手一搏。可能是因为花了大价钱买回来的，不希望它在留下子孙之前就死了。接下来的问题就是从哪里找到适合移植的大脑，当时剩下的时间不多了。饲主命令下属去抓流浪猫，但越是这种时候，越找不到大小适当的猫。我刚才忘记说了，移植需要满足几个条件，大小也是条件之一。如果要移植的大脑太大，放不进头盖骨，我们会很伤脑筋，如果太小，也不行。正当我们焦急万分时，刚好有人送来一只被车子辗到后陷入濒死状态的猫。"

"就是那个宠物美容师的猫。"

"虽然那只猫戴着项圈，但其主人不明，它的内脏也已经破裂，我们不可能救活它了，但大脑奇迹般完好，和蓝宝石的适配性也很高。于是，我们决定动手术。"

"结果手术非常成功。"

安斋用力点了两次头。

"成果超过预期，蓝宝石术后的状态也很稳定，只可惜我们无法留下正式的记录。因为这个世界上没有第二只像蓝宝石一样的猫，一旦拍下照片，就会知道是哪一只猫，但饲主不同意将它公之于世。"

安斋说蓝宝石住院两个月后，就回到了饲主身边。

"原来是这样啊，但听了你的说明，我了解了很多事，也能够理解蓝宝石为什么个性从某个时期开始突然改变了。"

"对猫来说，个性也很重要。"安斋说，"如果不是像蓝宝石这种情况，没有人会为猫换脑，只为了留下身体。我们做的其他移植手术都是为了研究。"

"我想也是。之后的大脑研究进展顺利吗？"

"猫的大脑移植已经结束了，我们的使命已经完成了。"

仁科听不懂这句话的意思，微微偏着头，安斋露出残酷的笑容。

"我们的最终目的是人类的大脑移植，因为猫的大脑形状和人类的很相似，很适合成为研究人类大脑的模板。"

"人类的大脑移植……"

"一旦有办法做到，将老人的大脑移植到脑死亡的年轻肉体上就不再是梦想。不过，这是很久以后的事了。"安斋说完，瞥了仁科一眼，问，"蓝宝石目前怎么样了？"

"送给那个女孩……那个宠物美容师了。她一定会好好疼爱蓝宝石，毕竟她是那只猫唯一肯亲近的人，蓝宝石应该也很幸福。"

安斋几乎面不改色，只说了一句："那真是太好了。"

6

在送走蓝宝石的十个月后，仁科在网上看到了一则报道。妻子问他："老公，你来看，你知道这件事吗？"然后她给他看了报道。

情人节终章

报道的标题是《传说中的蓝猫不断生下小猫 会成为新的商机吗？》。

仁科看了内容后大吃一惊。报道中提到有蓝宝石血统的小猫不断出生，而且这些小猫都继承了它的蓝毛。

蓝宝石的饲主——那个名叫未玖的年轻女孩在接受采访时说："我原本并没有想要让它生小猫，但有一次听到附近神社的野猫生下了蓝色的小猫。我确信我家的猫是那些小猫的父亲，因为它几乎每天都去那座神社，所以我就把那些小猫带回家饲养，最后也都顺利找到了领养人。是的，因为蓝毛猫难得一见，有人希望我一定要卖给他们。之后，我让它和其他母猫交配，母猫又生下了蓝色小猫……不久之后，持续有人希望我家的猫和他们家的母猫交配。每一次交配的费用是多少？这是秘密……没错，托各位的福，我收取了相当高的金额。但交配有条件，好像同样是波斯猫，可能因为基因的关系，无法生下蓝色的猫，所以蓝毛猫都是混血猫。到目前为止生下的小猫数量？我也不清楚了，应该超过五十只了吧。"

仁科看了报道，忍不住拍了下额头——原来要异种交配。

繁育者不会让波斯猫和其他品种的猫交配，这是繁育的常识。没想到这种成见导致无法遇到幸运。

他想起未玖的脸。既觉得她成功了，又觉得是她对稻荷的爱创造了奇迹。

算了,这不重要——

仁科想起未玖喂蓝宝石吃棉花糖的场景,忍不住笑了起来。

クリスマスミステリ

药效太猛了,就和之前听说的一样——黑须咽了一下口水。

他发现弥生还有呼吸,但只要不及时救她,她就会呼吸肌麻痹,然后死亡。

圣诞疑案

1

黑须巡视四周，确认四下无人之后走向门柱。他来这里时向来小心谨慎，但今天必须格外注意。因此，他今天穿了一件二手店买的大衣，而且是他以前从来没穿过的款式。虽然太阳早就下山了，但他仍然戴着墨镜。万一被人看到，警方也很难根据目击证词找到他。

他用戴着皮革手套的手按了对讲机的按钮，不一会儿，对讲机中传来一个女人的声音。

"哪位？"

"是我。"黑须对着对讲机回答，"圣诞快乐。"

黑须可以隔着对讲机，想象到弥生嘴角露出的微笑。

"请进。"

黑须轻轻打开庭院的门，努力不发出声音，很快走了进去。他不想让附近的邻居听到任何声音，因为他不能让别人知道这个时间有人来找过弥生。

他蹑手蹑脚地走向玄关,用弥生给他的备用钥匙开了门,开门后走进屋内。他摘下墨镜放进口袋,关门,并锁好,此时他听到了下楼的脚步声。

黑须转过头看到穿着深红色洋装的弥生嘴角上扬,出现在门厅。

"你好,真早啊。"

"因为我希望和你在一起的时间久一点。"黑须注视着个子比他矮二十厘米,年纪比他大十五岁左右的女人的脸,"是不是不方便?"

"没这回事,我也很高兴啊。来,进来吧。"说完,她看着黑须的手,皱起了眉头,"你很少戴手套,外面这么冷吗?"

"不,冬天怕静电。"黑须摘下手套,放在大衣的口袋里。

"我也没看你穿过这件大衣。"

"朋友送的,不好看吗?"

"不,没这回事,你穿什么都好看。这是什么?"她看向黑须拎着的纸袋。

"留着等一下开奖吧。"黑须笑着说。

"好吧,那我就不多问了。"

黑须跟着弥生走在走廊上。客厅在走廊深处,中央有一张大茶几,沙发在茶几周围。

黑须最先看到的是放在飘窗正中央的圣诞树,高度大约有一米,圣诞树上的装饰闪着光。

"真漂亮。之前就有的吗?"黑须在脱大衣时问。

"我为了今天晚上新买的。"

"今天晚上?特地买的吗?"

"对啊,你过去仔细看一下。"

黑须被弥生推着来到圣诞树前。玻璃窗户映出他的脸,弥生的脸在他身后。从上方打下来的柔和灯光让她脸上的皱纹看起来更深了。

黑须转头看着圣诞树,上面挂了一个小小的圣诞老人。都一把年纪了,她还有这种少女情怀。他当然没有把这句真心话说出来。

弥生的手指缠住了他的手,她把两个人的手放在圣诞树旁。

"太高兴了,我们可以单独在圣诞夜约会。"

"我也是。"

黑须一边说着,一边看着自己和弥生握在一起的手。必须记住这个位置。今天晚上无论如何,都不能在这里留下自己的痕迹。

他假装要看手表,挣脱了弥生的手。"呃,派对几点开始?"

"八点。我记得是在六本木的葡萄酒酒吧。"

"你几点从这里出发？我打算比你早十分钟离开。"

"准时到就好了。而且时间还很充裕。"

"那我们先来干杯。"黑须从纸袋里拿出一瓶酒，酒瓶上绑着红色和绿色的缎带，"希望你会喜欢。"

弥生立刻露出了兴奋的表情。

"热夫雷-香贝丹！好棒啊，你终于了解我的喜好了。"

"我是不是该说，能够得到你的称赞真是太荣幸了。"

"你等一下，我去拿开瓶器和杯子。"

黑须目送她走向厨房，深呼吸了一下。到目前为止都很顺利。问题在于之后，他不允许有丝毫的失败。

弥生走了回来，把放了两个葡萄酒杯的托盘摆在桌上。

"你会用葡萄酒开瓶器吗？"

"当然。"

黑须从弥生手上接过葡萄酒开瓶器，在开葡萄酒瓶的同时用眼角瞄着她的一举一动。她再度走向圣诞树。

"这棵圣诞树和我小时候家里的圣诞树很像。"

"原来是这样。"

"所以，在店里看到后，我无论如何都想要。"

"原来是这样啊。"

黑须打开了葡萄酒的瓶盖，看向弥生。她仍然看着圣诞树。

以防万一，黑须又看向窗户，如果她从窗户的镜像中看到他的身影，行动就会受影响。

"你知道吗？传说圣诞树上不能挂十字架。"

"是吗？我不知道。"

有玻璃窗也没问题。现在是绝佳机会。黑须下定了决心。

他把手伸进上衣内侧的口袋，拿出了一个小塑料袋，把塑料袋里的白色粉末倒进了其中一个酒杯，再立刻将葡萄酒倒了进去。虽然有那么一瞬间他担心酒会变成乳白色的，但白色粉末立刻溶化了，杯子里只有鲜艳的红色液体。

他把塑料袋放回口袋，在另一个杯子里也倒了酒。

"我们来干杯。"他对着弥生的背影说。

弥生转过头，对他嫣然一笑，走了过来，坐在他身旁，拿起加入白色粉末的酒杯，因为他已经拿起了另一个酒杯。

"再次庆祝圣诞快乐！"黑须伸出杯子。

"圣诞快乐！"弥生和他碰了杯。两个人几乎同时喝了酒。

"嗯，好喝，热夫雷-香贝丹不愧是红葡萄酒之王。"

"看到你这么开心，我也很高兴。"

"那我也要送你礼物。"弥生说着，把手伸到背后，拿出一个四方形的盒子，上面绑了粉红色的缎带。

"这个要送我？"黑须按着胸口。

"对啊，你打开看看。"

"哦，是什么呢？"黑须一边打开盒子，一边观察弥生的情况。她似乎没有起疑心，继续喝着杯子里的葡萄酒。

盒子里是一只金色的怀表，上面还有金色的链子。

"哇，好高级，要送我这么高级的礼物吗？"

"不知道你喜不喜欢，怀表好像没什么用……"

"没这回事，我会好好珍惜的。谢谢你！"

"这个盖子上的装饰是手工……由师傅一个一个……哎哟，我怎么了……"弥生的双眼渐渐无法聚焦，身体也开始摇晃，随即像是发条松了的人偶一样，趴倒在茶几上。

"弥生，弥生。"黑须摇着她的身体，但她完全没有反应。

药效太猛了，就和之前听说的一样——黑须咽了一下口水。

他发现弥生还有呼吸，但只要不及时救她，她就会呼吸肌麻痹，然后死亡。

黑须站了起来，拿着喝过的酒杯走进厨房，随便洗一下杯子，又小心翼翼地擦干杯子，之后才将其放回碗柜。他一边戴手套，一边回到客厅，从口袋里拿出手帕，开始擦拭茶几和沙发等自己刚才碰过的地方，擦完开瓶器和葡萄酒瓶后，他拿起弥生的手碰触了一下。

不能忘记放了圣诞树的飘窗——他走过去一看，发现那里留下了清晰的指纹。他也擦得一干二净。

他拿起原本用来装葡萄酒的纸袋和大衣，看着怀表。

把怀表留在这里不太妥当，会让警察发现有人和她在一起。

黑须虽然并不想要这个怀表，但还是把怀表、盒子，以及包装纸、缎带一起丢进了纸袋。

走出客厅之前，他再度巡视室内，检查是否有什么疏漏。

他又看了一眼圣诞树，突然想起弥生刚才说的话。

不能挂十字架？

为什么？他思考着这个问题，走出了客厅。

2

黑须在晚上七点多回到了剧团的排练场，但他没有从正门走进去，而是越过后方的围墙进去的。建筑物的窗户仍然透出灯光，应该是还有人在修理各种道具。

黑须弯下身体，在建筑物和围墙的缝隙之间移动，终于来到了那扇窗户下方。窗户没有锁，因此他顺利打开了窗户，蹑手蹑脚地进了屋。这间四张半榻榻米大的房间是他揣摩表演或背台词时使用的排练室。只要在门上挂"排练中"的牌子，就不会有人敲门或找他。他是剧团中的首席演员，就连导演也对他另眼相看。这个穷剧团目前几乎只有靠他才能维持下去，所以没有人敢惹他。

他脱下上衣，坐在椅子上。那件大衣他已经在回来的途中装进垃圾袋丢掉了，但怀表无法丢弃，他就带回来了。接下来必须思考该如何处理这只怀表。

桌上的电脑正传出他的声音："终于完成了吗？马修，这就是魔王馆命案的所有记录，你是不是想起了那段精心筹划、令人激动和紧张的日子？只可惜——"听到这里，黑须操作鼠标删除了音频文件——这是为了制造不在场证明而提前录制的。

黑须清了清嗓子后开了口："只可惜，那是最后一次遇到有艺术追求的凶手。"

他大声说完台词，合上电脑，站了起来，故意发出很大的脚步声走向门口，从内侧打开门锁，开了门。

隔壁就是办公室，剧团的事务员兼黑须的经纪人鹿野久美子惊讶地抬起头。

"那个圣诞派对几点开始？"黑须问。

"在六本木，八点开始。差不多该出发了，但我刚才看你的工作好像还没有结束……"

"是吗？我太投入了，没注意时间。既然这样，我们赶快出发吧。"黑须穿起外套，拿起挂在办公室衣架上的大衣。

鹿野久美子也是司机。黑须坐着她开的奥迪，前往派对会场。

"我在房间里练了多久？"

"你五点进去的，差不多练了两个小时。"

"这么久啊……工作时，时间过得特别快。"

"你好像很投入，我听到了你的声音。"

"这次的脚本不怎么顺，我打算自己修改一下。"

"辛苦了。"

和鹿野久美子聊完后，黑须偷笑起来。他傍晚走进房间后，立刻打开了电脑里的音频文件，然后从窗户溜了出去，但她似乎完全没有发现。这么一来，她就可以为黑须做不在场证明。

数十分钟前发生的事出现在眼前，他回想着自己所做的事。没问题，应该没有疏忽——

枞木弥生是日本首屈一指的剧作家，由她编剧的电视剧都创下了高收视率，电影的票房也都很不错。

七年前，当时还默默无闻的黑须接到了由她编剧的电视剧演出机会。虽然那不是重要角色，但他欣然接受，也因此得到了两大礼物。一是知名度。随着他知名度上升,工作机会持续增加。他可以感受到自己的演员生涯更上了一层楼。

照理说,他应该感到满足,但他还是将手伸向了另一个礼物——他和枞木弥生发展成了男女关系。

其他演员曾经叮嘱他,要小心那个剧作家。她是单身,很爱玩,而且喜欢帅哥,虽是半老徐娘,但风韵犹存,只是她脾气很差,所以他必须小心提防,很多男演员都不小心陷入她的温柔乡,和她有一腿。在和她交往期间,他们当然很好,因为她在业界很吃得开,男演员也会得到良好的待遇,但一旦分手,男演员会被雪藏,转眼之间就失业了。

但是,黑须还是招惹了她,因为他有野心。只要有她助力,他相信自己的演艺事业可以登上高峰。之前那些男人只是不懂得分手的艺术,他确信自己一定能够圆满解决。

他的算计有一半成了真。如今,黑须的确有了可以称为当红演员的地位,也频繁参加电视连续剧的演出,还不时收到广告邀约。

然而,另一半算计却无法如愿。他原本以为只要疏远弥生一阵子,她就会因自尊心很强而不再与他纠缠不清,没想到他还是太天真了。随着他渐渐走红,弥生对他也越来越执着。

"你是不是想和年轻女生交往?"弥生有事没事就这么问他。

"没这回事。"每次黑须这么回答，她就露出意味深长的笑容。

"没关系啊，你不必勉强自己。女人当然是越年轻越好，但是，到时候你要做好心理准备，因为你不可能继续在这个行业混下去。这也是无可奈何的事，鱼与熊掌不可兼得，天下没有太美好的事。"

看着她那涂着鲜红色的口红、有点厚的双唇一张一合说出这句话，黑须知道自己是上了贼船。

黑须并不知道弥生在业界的影响力到底有多大，以为自己和她闹翻，也许并不至于让他完全接不到工作，但黑须很担心自己和她的关系曝光会影响自己的形象。不难预料，如果世人以为他目前所拥有的一切都是他和当红剧作家睡出来的，那将会对他的演艺事业造成很大的打击。

而且，黑须的生活中发生了另一件事。他和一起出演电影的女演员坠入爱河了。目前双方的经纪公司都不知情，黑须当然不会对外透露，但女方不够警觉，不知道什么时候会被狗仔发现。

在这个时代，艺人谈恋爱并不会引起问题，可怕的是弥生。

必须赶快设法解决他与弥生的事——这几天，他一直在想这件事。

3

派对会场在大楼地下室的葡萄酒酒吧。某部电视剧刚好杀青，也在这里举办庆功宴兼圣诞派对。黑须在这部电视剧中演男二的角色。

黑须在八点准时抵达会场，向制作人和导演打招呼后，和一起出演电视剧的其他演员谈笑起来。

他听到旁边工作人员的谈话。

"枞木老师还没到。"

"是吗？要不要给她打电话？"

"我刚才打了，但她没有接电话，我只听到铃声。"

"奇怪了，你事先通知她今天的活动了吗？"

"当然啊，除了电话通知，还发了电子邮件。"

"那就没办法了，再等一下。既然老师还没来，我们就不能开始。"

黑须拿着饮料走开了，拼命忍住嘴角的笑意。

几个月前,弥生给他看一个小瓶子,里面装了白色粉末。

"这是曼陀罗的毒。"她说。

"曼陀罗是一种植物,传说它的根长得和人的外形一样,而且在被拔起来时会发出惨叫声,而人只要听到这种惨叫声,就一定会发疯死掉。"

"怎么可能?"黑须说。

她轻轻笑了笑:"我说了这是传说,但并不是毫无根据的。曼陀罗的根含有剧毒,人吃下去会产生幻觉和幻听,然后就会断气。据说曼陀罗的惨叫声其实就源于人的幻听。这些白色粉末就是从曼陀罗的根中萃取出来的毒。"

弥生说这是她之前去德国旅行,从乡下的民宅拿到的。

"只要用掏耳勺喂一小勺,就可以杀死一头牛。我没骗你。那个村庄至今仍然用这种方法杀牛,我亲眼看到的,所以绝对不会有错。"

黑须问她为什么要把这种东西带回来。

"用来杀我痛恨的人。"弥生说完,撇着红色的嘴唇,摇了摇手说:"骗你的,骗你的,我在开玩笑。没有特别的目的,只是因为觉得很难得一见,我就带回来了,但如果想要自杀倒是可以派上用场。听说人服用了这种毒,濒死的时候就像睡着了一样。"

黑须叫她不要胡思乱想,弥生则眯起眼睛说:"谢谢!听你这么说,我很高兴。"

那个瓶子在弥生卧室的架子上。黑须考虑无论如何都必须和她分手时,想到了那瓶毒药。

上周,黑须趁弥生外出采访时溜进她家,偷了瓶子里的毒药。问题在于选择什么时候,用什么方式让她喝下去。黑须没想到她主动提议在圣诞派对前两个人单独见一面。

"派对结束之后,他们一定会邀你去续摊。难得的圣诞夜,如果我们不能单独在一起,就太寂寞了。我们在派对前见面,你觉得怎么样?"

黑须觉得这个主意不错。没有人知道他们的关系,也不会有人想到他们在派对之前见了面。

"我赞成。"黑须回答说。

一切都很顺利。希望等一下会有人对弥生迟迟没有现身感到奇怪,去她家察看,然后发现尸体。虽然现场没有遗书,也让人看不清楚自杀的动机,但这样更有神秘感。圣诞夜的神秘死亡——她在另一个世界应该也会对此感到满意。

兑水酒喝完了,黑须正准备拿第二杯酒,他听到有人说:

"啊,她来了。"现场的气氛立刻紧张起来。

黑须看向门口,下一瞬间,他差一点叫出来。

枞木弥生身穿红色洋装,面带微笑,走了进来。

4

弥生看起来没有任何异样,很多人都向她打招呼,她一如往常那般亲切,但同时带了适度的傲慢。

其他演员都上前向她打招呼,黑须不可能假装没看到她。但是,到底该怎么向她打招呼?

最搞不懂的是,她为什么会平安无事?她不是应该像睡着一样死去了吗?

黑须理不出头绪,缓缓走向弥生。此时,她和其他演员刚好聊完。

她看向黑须,他吓了一跳,停下了脚步。

"哎哟,黑须,辛苦了。"弥生笑着向他挥手。

黑须挤出笑容走上前,她身旁刚好没人。

"你好。"他向她伸出酒杯。

弥生用手上的葡萄酒杯和他干杯后,把脸凑过来说:"刚才对不起。"

"啊?"

"我好像在沙发上睡着了,对刚才完全没有记忆了。"

"啊……嗯,是啊,我们聊到一半……对啊。"

"是这样啊,你应该叫醒我。"

"不,看你睡得很香甜。"

黑须眼角扫到电视台的人走了过来。弥生似乎也看到了,两个人立刻分开了。

"哎呀,哎呀,老师,这次真的辛苦你了,太感谢你的大力帮忙。"黑须听到一个胖男人向弥生打招呼,他就慢慢走开了。

原来是这样。原来那并不是毒药。不,也许有一点毒性,只是没有像弥生说的那么强,无法让人像睡着了一样死去,只是让人睡着而已。

真是白忙一场。黑须后悔不已。花费了那么大的功夫,绷紧神经做了那件事,结果竟然只是让她睡着而已。

幸好弥生什么都没发现,以后还有机会。下次必须想别的方法。

派对结束了,主办单位似乎已经预订了续摊的店,许多人都会去续摊，但弥生说要先走一步。

"因为我昨天熬夜，有点累了，大家玩得开心点。"

弥生在大家的目送下留下这句话，坐上了黑色出租车。就在车子开出去时，她在车窗内看向了黑须。

在黑须和她四目相接时，她意味深长地轻轻点了点头。

黑须决定搭鹿野久美子的车去续摊，但在准备上车前，手机响了。是弥生打来的。

他离车子远了些，接起了电话："喂？"

"对不起，现在方便吗？"

"嗯，怎么了？"

"我有话要今晚对你说，不好意思，可不可以请你现在来我家一趟？"

"现在？"

"我原本打算刚才对你说，但不小心睡着了，所以来不及说……"

"不能在电话中说吗？"

"嗯，电话有点……对不起，让你为难了。"

弥生难得说话这么客气，如果是平时，她一定会颐指气使地说话。

"好，我会想办法。"

"谢谢。你到我家门口时打电话给我。"

"打电话？为什么？"

"这也到时候再告诉你。拜托了。"

"嗯，我知道了。"

黑须挂了电话，走到车旁，打开了驾驶座的门。

"我临时有重要的事，你先去那家店吧。我处理完就马上过去。"

鹿野久美子看起来一脸不解，但她什么都没问。"我知道了。"也许她察觉到事情和女人有关，但应该不知道对方是谁。

黑须从大衣口袋里拿出眼镜戴了起来，又用口罩遮住了嘴巴。他根据以前的经验知道，这样可以大大降低别人发现他是明星黑须的危险性。

他拦下刚好经过的出租车前往弥生家。司机果然没发现他是谁。

为了安全起见，他在离弥生家有一小段距离的地方下了出租车，然后走路过去。在到弥生家门口时打了电话。

"喂？"电话中传来了弥生的声音。

"我到了，在你家门口。"

"哦，那你进来，绕到庭院。"

"庭院？"

"对啊。"

黑须觉得弥生的要求很奇怪,但还是打开了通往庭院的小门,绕到了庭院。

屋内的灯光从窗户透了出来。黑须看向窗内,倒吸了一口气。那棵圣诞树还在那里,弥生就站在圣诞树旁,手机放在耳边。

"怎么回事?"黑须问。

"不好意思,虽然外面有点冷,但我们就这样说话吧。"电话中传来弥生的声音,"如果不是隔着窗户,我无法说出口。如果我们单独在家里,我的决心一定会动摇。"

"……到底是什么事?"

电话中传来深呼吸的声音,她接着说:"我们的关系就到今晚为止。"

"啊?"

"我们交往了这么久。七年……真的是一眨眼的工夫。"

"弥生……"

"我一直在想,我们这样下去好吗?我一直在烦恼,我是不是影响了你的可能性,但是,我现在终于下定决心,我们该分道扬镳了。"

黑须调整了呼吸,努力忍住,不让脸上露出笑容。眼前的发展完全出乎意料,而且是最理想的发展。

"我完全没有想到你在考虑这些。"黑须语气沉重地说。

"对不起。我突然这么说,你一定很不知所措吧?"

"我的确很惊讶,但也能够理解你想要表达的。"

"是吗?"

"我们交往的时间的确有点久,继续这样下去,不光我,对你也有负面影响。"

弥生在窗户里面那一侧落寞地笑了笑说:"你能理解真是太好了。"

"我很感谢你,多亏了你,我无论是身为演员,还是身为一个人,都有了很大的成长。"

"听你这么说,我很高兴。"

"这么多年,真的很感谢你。在未来的日子,我也会珍惜和你之间的回忆。"

"谢谢,我也不会忘记和你在一起的日子,多保重。"

"你也多保重。"

黑须看到弥生放下电话,也挂了电话。她轻轻挥手,他也向她挥手。她离开窗边,走进房间深处。圣诞树上的灯饰仍然一闪一闪地亮着。

黑须把电话放回口袋,走向庭院的门。他内心充满幸福的感觉,感谢上天,让曼陀罗毒没有发作。

5

他被手机铃声吵醒了。他躺在被子里，伸手抓起电话。头痛是因为昨晚喝的酒还没有代谢完，但这次他欣然接受宿醉，因为昨晚是他人生中最棒的圣诞夜。

不光是因为弥生主动提出分手，他之后赶去续摊也发生了意想不到的事。

制作人问他愿不愿意担任连续剧的男主角。

"是枞木老师的剧本，她说一定要邀请你演主角。我目前也不知道是什么角色，但枞木老师似乎认为你是不二人选。你有没有兴趣？"

怎么可能有傻瓜拒绝这么诱人的事？黑须当然二话不说就答应了，同时回想起和弥生的对话，感到有点心痛。

原来她用自己的方式认真为黑须的将来着想。现在回想起来，她试图束缚他，或许也是担心他会太沉迷于和年轻女人的恋爱。想到这里，他就为自己竟然没有发现她的心意，想要让她离开这个世界的愚蠢而厌恶自己。他在内心发誓,绝对不要再犯那样的错误。他发自内心庆幸并没有成功置她于死地。

电话是鹿野久美子打来的。一看时间,已经快下午两点了。他早上八点才上床睡觉,所以还想再睡一会儿。

"喂?如果不是急事,可不可以晚点再打?"黑须声音沙哑地说。他觉得口很渴。

"呃……那个,我是鹿野。呃……出事了。"

"怎么了?发生了什么事?"

黑须把电话放在耳边,爬下了床。冰箱里备了瓶装水。

然而,听到鹿野久美子接下来说的话,黑须僵在了那里。

"什么?你再说一次。"

"就是,"鹿野久美子在电话那端咽了一下口水,"枞木老师死了。刚才有人在她家发现了她的尸体。"

6

弥生死去两天后,两名刑警来找黑须。

各大媒体都报道了弥生的死讯，黑须因此也掌握了大致的情况。

据说是经常为弥生打扫的保姆发现了尸体。保姆像往常一样上午去打扫，结果发现弥生倒在客厅。

黑须虽然没见过那个保姆，但知道弥生雇用了保姆。他曾经听弥生说，保姆的主要工作是打扫和洗衣服，同时为弥生做早午餐。如果弥生晚上没有和别人约吃饭，保姆也会为她做晚餐。

最让人在意的是死因。报道中提到，似乎是中毒身亡，而且毒药疑似混在葡萄酒中。

黑须忍不住想，这简直就和当时的状况一致。但毒药的种类不同，导致她死亡的是氰化物。

到底是怎么回事？黑须正为此感到纳闷，刑警就找上门了。

年长的刑警姓三田，一头白发让他看起来是上了年纪的，但实际年龄可能并不大。年轻的刑警也自我介绍了名字，但黑须没听清楚。

刑警的第一个问题，就是问他对弥生死亡事件有何看法。

黑须轻轻摊开双手，耸了耸肩："完全不知道是怎么回事，这是我的真实感想。我相信两位应该也知道，圣诞夜有一场派对，我在派对上见到她了，但她看起来神采奕奕，完全搞不懂她为什么会自杀……"

三田抖了一下花白的眉毛："目前还没有认定是自杀。"

黑须听到这句话，发自内心地感到惊讶，因为他一直以为弥生是自杀。

"如果不是自杀，那是什么？啊？该不会是他杀……"

三田不怀好意地笑了笑："太厉害了，你的动作和你的表情，看起来都像是非常自然的反应，完全不像是演出来的。"

黑须生气地瞪着刑警："什么意思？"

三田一脸严肃地翻开记事本："关于你提到的圣诞派对，你去续摊之前去了哪里？经纪人说你有重要的事，离开了一个小时。"

黑须一惊。原来他们已经事先打听过自己的行踪。为什么？"请等一下，我的行动和这起案子有关系吗？"

"如果没有关系，你应该可以回答吧？请问你那天在哪里，又做了什么？"

"……这是我的隐私，我不想回答。"

三田目不转睛地看着黑须的脸："那我换一个方式问，你最近什么时候去过枞木弥生小姐家？"

黑须忍不住皱起眉头："你说什么？"

"你没有听到吗？我想请问你，最近什么时候去了枞木小姐家。"

黑须感觉到自己的脸颊绷紧了，但还是摇了摇头。"什么意思？我为什么会去枞木老师家里？"

三田眨了几次眼睛，又打量起来黑须的脸。

"你的眼神是什么意思？"黑须的声音中带了怒气。

"不，我只是觉得，你说的话和大家的很不一样。"

"哪里不一样？大家说了什么？"

"不是别的，就是你和枞木老师之间的关系。听说你们在交往。"

听到三田轻松地这么说，黑须忍不住慌了起来。"你……你在说什么？谁在造谣……"

"是造谣吗？有好几个人都这么说，你的经纪人也这么说，都说是半公开的秘密。"

黑须说不出话来，眼前浮现出鹿野久美子戴着眼镜的脸。原来她假装不知道，实际发现了黑须和弥生的关系。

"就是这么一回事，很多时候只有当事人以为可以瞒天过海。听说枞木小姐对这种状况乐在其中。"

刑警的这句话令黑须更加愕然。弥生发现了其他人知道他们之间的关系？

"就是这么一回事。事到如今，希望你老实回答。你什么时候去了枞木小姐家里？如果你坚称你们没有交往，那我们就不得不展开调查。你最好别小看警察，要查两个男女有没有交往这种事，根本易如反掌。"

三田这番话听起来就像是威胁，但警方一旦认真调查，当然马上就会查出来。

黑须叹着气。

"我们的确交往过，但并没有很深入，而且我们已经分手了。"

"分手？什么时候？"

"好像是……一个月前。"他随便回答。

"一个月？那就太奇怪了。"

"哪里奇怪？"

三田向身旁的年轻刑警使了一个眼色。年轻刑警拿出一张照片。

黑须看到照片后，忍不住倒吸了一口气。照片上的是那只怀表。

"你应该看过吧？"三田问，"我们在剧团的排练室里找到的，那是你专用的排练室。圣诞夜的前一天，枞木小姐购买了相同的物品。她皮夹里有信用卡的刷卡单据，这只怀表是枞木小姐送给你的，没错吧？"

黑须想不到辩解的借口，他没有吭声。

"你什么时候收到了这个礼物?"

黑须绞尽脑汁思考后回答:"……派对的时候。"

"派对? 就是那天的圣诞派对吗?"

"没错。在只有我们两个人的时候,她交给我的,但并不是因为我是她男朋友,而是她想要为演员黑须加油。"

"演员黑须啊。"三田偏着头说。

"是真的,请你们相信我。"

"枞木小姐不是在她家交给你的吗?"

"不是,我没去她家。"

"是吗? 你没去吗?"

三田把照片还给年轻刑警后,用指尖抓了抓脸颊,向黑须探出身体。

"那我告诉你一件事,关于枞木小姐的死,谋杀的可能性相当高。不,不是可能性相当高而已,而是可以断言就是谋杀。"

"有什么根据吗?"

"有好几个根据。第一,"三田举起一只手,竖起了大拇指,"不光杯子,酒瓶中也发现了导致她死亡的毒药——氰化物。如果是自杀,毒药不必放进酒瓶里,倒在杯子里的葡萄酒中就足够了。第二,碗柜中的一个酒杯上还有水滴。很可能是和她在一起的人用了酒杯,把酒杯洗干净后放回了碗柜。"

怎么可能？黑须心想。他虽然对毒药放进酒瓶这件事一无所知，但记得酒杯的事。只不过他把酒杯放回碗柜之前，已经仔细擦干了，不可能留下水滴。

"第三，"三田继续说道，"包括房间的门把手在内，到处都可以看到把指纹擦掉的痕迹。"

门把手——

这的确很奇怪。黑须心想，如果是自杀，至少门把手上面应该会有弥生的指纹。

"第四，自杀的动机不明。枞木小姐第二天也要参加一个派对，听说她很期待这个派对。怎么样？还有很多奇怪的地方，但枞木小姐的死亡显然是伪装成自杀的他杀。你认为呢？"

黑须撇了一下嘴角："我了解你想表达的意思，但如果这样就认定我是凶手，未免太奇怪了吧？"

"那就请你老实回答，你在派对结束后去了哪里？不瞒你说，我们找到一辆出租车，在派对会场附近送客人到了枞木小姐家附近。向司机了解情况后，我们发现那名乘客和你那天的行装极其相似。听说你戴了眼镜和口罩，也不要小看出租车司机，你以为他们没在看你，其实他们早就观察得一清二楚。"

黑须听了刑警的话，感到脊背发冷："我……没有去。"

"那你去了哪里？"

"我去了排练场。"

"排练场？剧团的？"

"没错。因为我突然在意下次要演的那部戏……这种时候，我就会马上付诸行动，那天晚上也——"

"你为什么没有把这件事告诉经纪人？"

"这……并没有特别的原因。如果我说要去排练场，她就必须和我一起去，太可怜了。"

"原来是这样。"刑警连续点了几次头，但一脸完全不相信的表情，"也就是说，你那天没去过枞木小姐家。"

"对，我从刚才就一直这么说。"

三田挺直了身体，用俯视的眼神看着黑须。

"刚才提到了指纹，其实凶手在指纹的问题上，犯了一个重大失误。凶手忘了擦掉一个地方的指纹。"

"啊……"

三田再度向身旁的刑警使了一个眼色。年轻刑警把两张照片放在桌上，第一张是那棵圣诞树。

"你看过这棵树吗？"三田问。

"没有。"

"没有？那就奇怪了。"三田拿起另一张照片，"请你看这张照片，照片拍的是这棵树在飘窗的部分。在树的底座旁，不是可以看到一枚白色的指纹吗?"

黑须看了那张照片,差一点叫出来。上面的确有一枚清晰的指纹。

不可能。他忍不住想。他和弥生两个人一起看圣诞树时,她握住了自己的手,但当时留下的指纹已经擦掉了。

"黑须先生,请你让我们采集一下指纹。"三田用认真的语气说道,"然后让我们比对一下这张照片上的指纹。如果你没去过她家,指纹当然不可能一致,而你也没必要拒绝吧。麻烦你配合一下。"

黑须看到刑警眼神中的冷酷,确信他们已经比对过指纹了。黑须有很多私人物品放在剧团,警察要采集他的指纹并非难事。这两名刑警一定是在确认指纹一致之后才上门的。

但是,为什么?为什么会留下指纹?

黑须看着放在桌上的照片。看到延伸到飘窗方向的圣诞树时,他突然感觉哪里不太对劲。

圣诞树被放在飘窗的正中央,但那天晚上他站在庭院中看着弥生时,那棵圣诞树并不在正中央,而是稍微偏左——从室内来看,就是稍微偏右。

他大吃一惊,因为他想到一个可怕的可能性。

黑须在把曼陀罗的毒药倒进葡萄酒杯时,他背对着弥生。

也许她在那时候移动了圣诞树，把他的指纹藏了起来，然后她在旁边留下了自己的指纹，让他以为那是自己的指纹。

然而，必须有一个大前提这个假设才能成立。

那就是弥生知道黑须想要杀她。

怎么可能？黑须忍不住想。然而，如果是这样，一切就都有了合理的解释。

曼陀罗的毒药也许是一种监视装置。弥生发现自己不在家之后，白色粉末减少了，发现了黑须想要杀她。于是，她选择不让自己死于黑须之手，而是自我了断，再嫁祸给他。这样对黑须造成的精神痛苦更大。这是她用自己的生命复仇。

"怎么了？你的脸色很苍白。"三田说。

黑须舔了舔嘴唇后开了口："对不起，我刚才说了谎。我并没有和她分手，几天前，我去过她家……我想应该是当时留下的指纹。"

"几天前？是哪一天？"

"好像是圣诞夜……两天前。"

三田无奈地皱起了脸。

"黑须先生，你既然要招供，就请你一五一十地说出来。两天前的圣诞夜？不可能。你知道她请了保姆吧？就是发现尸体的那个人。她在圣诞夜那天去了枞木小姐家，也仔细打扫过客厅,她说她把所有地方都擦得很干净。既然留下了你的指纹,只能是在她打扫之后留下的。"

刑警的招数很高,一步一步把黑须逼入了绝境。

"好,我老实说。我是在派对开始之前去了她家。"

"派对开始前?不是派对结束后?"

"是傍晚。她约我在派对前单独见面……"

三田摇了摇手。

"你不要说这种马上就会被识破的谎。很多人都证实了,你早上就去了排练场。经纪人也证实,在傍晚之后也听到你从排练室传出来的声音。"

"那是——"

录音。他没有说出最后两个字。如果刑警问为什么要为自己制造不在场证明,他无法回答。

"没错,我说谎了,我是在派对之后去她家的。"

三田露出了笑容:"你终于愿意说实话了。"

"但是,我并没有杀她。我只是去她家和她干杯而已,她是在我离开之后死的,这起事件和我无关。"

"原来如此,你来这一招。"笑容从三田的脸上消失了,"请问你们是用什么酒干杯?"

"当然是葡萄酒。"

"是吗？那你为什么没事？"

"什么没事？"

"我刚才不是说了吗？毒药加在酒瓶里了，如果你们用葡萄酒干杯，你现在还活着站在这里就很奇怪了。"

"啊……"

黑须微张着嘴，吐了一口气。他觉得一切都无所谓了。

"怎么样？你打算继续狡辩吗？"三田冷冷地问。

黑须摇了摇头，还是决定趁早放弃，招出自己的杀人计划。虽然这样也会被追究罪责，但应该比杀人罪轻。

但是，警察会相信吗？

"你们愿意听吗？这件事说来话长。"黑须无力地说。

"没问题。出于职业的关系，我们已经习惯听长故事了。那我们就换个地方说吧。"三田站了起来。

黑须再度看着桌上的照片，看着那棵圣诞树，想起弥生在那天说的话。

"不能挂十字架吗？"

"啊？"三田瞪大了眼睛。

"我听说圣诞树上不能挂十字架，真的有这回事吗？"

"不知道。"三田偏着头，似乎没有太大的兴趣。

这时，年轻刑警开了口。

"圣诞节是庆祝耶稣诞生,所以有人认为不适合挂让人联想到死亡的十字架。"

"联想到死?"

"只是有此一说。"

"哦,是这样啊。谢谢你。"

弥生应该想要说圣诞节不可以死。黑须心想,我完全同意。

水晶の数珠

"你少天真了,并不是每个人都对自己目前的工作和地位感到满意,但还是努力从中发现生命的意义。"
"如果放弃梦想,生命还有什么意义?"

水晶佛珠

1

直树在打工的那家铁板烧餐厅用花哨的动作切食材时,电话响了。虽然他知道手机在厨师衣下正在振动,但还是继续工作,没有接电话。除了切肉以外,他还要让火焰高高蹿起,让吧台前的客人乐在其中。今天晚上的客人中也有小孩,所以他比平时多花了点心思在表演上。不一会儿,手机就安静了。

围坐在"コ"形铁板周围的客人总共有八人,其中三个人是日本人,但直树从他们的谈话中知道,他们并不是来美国旅行的,而是住在波士顿的一家人。小孩是十岁左右的男生。

"我完全不知道离家这么近的地方就有一家铁板烧。"看起来像是父亲的人说,"而且价格很实惠,这真是太好了。"

"对啊,我原本还以为要去纽约才能吃到铁板烧呢。"回答的是看起来像他妻子的女人。

"欢迎你们随时光临,这里除了铁板烧,还有很多日本餐点。"直树在把煎好的肉分给他们时说道。

"我们一定会再光顾的,有乌冬面和丼饭真是太好了。"那个女人说完这句话后,抬头看着直树的脸说,"我刚才就有点在意,一直觉得好像在哪里见过你。"

"是吗?因为我是大众脸吧。"

"没这回事,你这么英俊,当厨师简直有点可惜,对不对?"

"是啊,很帅。"那位丈夫甚至没有好好看直树的脸,就附和着她,然后吃了起来。他只是配合太太说话,对直树并没有太大的兴趣。

"谢谢!三位请慢用。"直树鞠了一躬后,退回了厨房。

他拿出手机,查看来电记录,惊讶地发现是住在日本的姐姐贵美子打来的。虽然之前曾经留了电话号码给她,但她很少打电话来。今天不但打了电话,还发了电子邮件,说有重要的事,请他有空时回电话。

直树懒得回电子邮件,就直接打电话给她。

"喂,直树吗?"电话立刻就接通了,另一端传来贵美子的声音。虽然这是国际电话,但声音很清楚。

"是啊,有什么事?虽然我不知道你那里现在是几点,但我还在工作。"

"那我就单刀直入,说重点。你下个月十四日可以回来吗?我说的是日本时间十四日,你那里是十三日吧?"

"什么事？太突然了，那天有什么事吗？"

"你忘了吗？十四日是爸爸的生日，所以我想为他举办一个小型庆生会。"

"啊？搞什么啊，你别为这种事打电话来美国，我很忙。"

"希望你可以回来，无论如何都希望你回来。"

姐姐的语气很坚持，直树也有点在意，但还是回答："不可能啊，我怎么可能为这种事回国？"

"但这是最后一次了。"

"什么最后一次？"

"最后一次见到爸爸。"

直树惊讶得说不出话来，他调整了呼吸后问："这是怎么回事？"

"癌症，晚期，癌细胞已经扩散到肝脏和胰脏……各个器官了。"

直树的心跳加速，他完全没有想到。"我完全不知道这件事。"

"我和妈妈讨论后，决定到紧要关头再通知你，因为我们猜想目前对你来说，应该是重要的时期。"

直树再度说不出话。他这才知道原来大家都很关心他。

"癌症……嗯，已经没办法救了吗？"

"医生说，已经没办法了，随时可能离开。虽然爸爸努力打起精神,但我相信他应该浑身都很痛。"

直树不由得握紧手机。直树和爸爸上一次见面,爸爸的身体好得不得了,如今他却快死了。光是听姐姐这么说,直树完全没有真实感。

"我说,"贵美子问,"你真的没办法回来吗?我很希望爸爸最后能够看到你。"

直树深呼吸后开了口:"他应该不想见到我吧。"

"为什么?"

"没为什么啊,不用我说你也知道,他和我断绝了父子关系,我已经七年没见他了。他一定觉得我现在有什么脸回去见他。"

"怎么可能!"贵美子不加思索地说,"世界上有哪个父亲在死前不想见亲生儿子?虽然之前发生了很多事,他嘴上也不说,但他当然想要见你。爸爸也知道自己所剩的时间不多了,所以我拜托你回来。"

姐姐说的每一句话都在直树的内心深处产生回响,似乎不允许他只是因为逞强而坚持。

"下周要试镜。"直树压低嗓门说,"对我来说,这是一个很重要的机会,我不能错过这个机会。"

"试镜……原来是这样,不能想想办法吗?"

直树在脑袋里计算着。

情人节终章

"庆生会是日本时间十四日,如果我第二天一早搭飞机回来,应该可以刚好赶上。"

"这样……会不会太累?"贵美子突然压低了声音说,可能是觉得不应该太勉强直树。

"让我想一下,如果想到了办法,我就回去,但也可能没办法回去。"

"我知道了。"

"我还在忙,那就先挂了。"说完,直树挂了电话。

走回客席之前,他去了洗手间,整理仪容。看到镜子中的脸,他想起了父亲真一郎。他一直就不太喜欢别人说他像父亲一样相貌堂堂。

度会家是地方城市的大户人家,连续好几代都支撑着当地的经济,真一郎也经营了好几家企业。

直树在本地的公立大学毕业后,曾经进入真一郎担任总裁的地方电子零件制造公司工作。他当然没有任何特殊待遇,和其他员工一样挨骂,在工作上被人比较、被人评价。

他在一年多之后辞职了,并不是因为对遭受这样的对待感到不满,也不是对自己的工作不满意。理由只有一个,他有其他想做的事。

那就是演戏。他从高中时就开始对演戏产生了兴趣,尤其是演电影。进入大学后，他参加社团，自己拍电影。每次都是由直树演主角，其他社团成员向来没有意见。他的梦想是去好莱坞演戏。

在进公司之后，他也一直为这件事烦恼。真的要放弃成为演员的梦想吗？就这样一直当上班族，人生不会有遗憾吗？

他在苦思之后，没有和任何人商量，就做出了结论。他下定决心走自己该走的路，无论结果如何，都由自己承担。没有挑战就不可能得到幸福。这是自己的人生，别人没资格说三道四。

然而，他要面对的当然有来自各方的怨言。最生气的就是真一郎。

"只做了一年多就放弃的人，无论做什么都成不了气候。你想当演员？去好莱坞演电影？笑死人了，你最多只能演一个没有角色名字，也没有台词的路人。我从小让你读英文，可不是为了让你去做这种事。不要再说废话了，赶快回公司，我会负责跟主管说当作没有收到你的辞职信。"

"我并不是对工作不负责任，我已经处理好了手上的所有工作，但我有其他更想做的事，没办法继续现在的工作。"

"你少天真了，并不是每个人都对自己目前的工作和地位感到满意，但还是努力从中发现生命的意义。"

"如果放弃梦想，生命还有什么意义？"

"所以我说你天真啊。你以为从小到大,是谁让你过着衣食不愁的生活?难道你没想到,现在轮到你做出贡献了吗?"

"我要用其他方式来做这件事。"

"别闹了,我可没有闲工夫来陪你做梦。"

"我并没有要你陪我做梦。"

"我身为度会家的家主,难道看到儿子胡来也袖手旁观吗?"

父子之间的对话永远都是平行线。真一郎大发雷霆,拿出了最后的王牌,威胁说要和直树断绝父子关系。"既然你这么说,那就随你的便,但我们不再是父子,我当然也不会提供任何援助给你。无论你死在哪里,我都不会去为你收尸。"

"好,我会做自己想做的事。"七年前,他留下这句话离开了家,然后立刻来到美国,边打工,边学习表演。他从小就学英文,在语言上几乎没有遇到问题。

但是,不光演员,对想要在美国获得成功的任何一个人来说,会说英语是理所当然的事。现实比他预想的更加严峻,表演的世界并没有那么好混,并不会让在日本不曾有过任何演艺经验的人很快找到工作,更何况这里对日本演员的需求量并不多。即使偶尔要找日本演员,日本演员也必须和许多韩国演员或中国演员竞争。即使电影中的角色是日本人,但那些美国的工作人员看不出这几国的演员有什么不同。

他在参加独立电影和广告演出后，偶尔会接到大型制作公司的邀请，当然都是出演没有台词的小角色。刚才的女客人说好像见过直树，应该是看过他参与演出的某部作品。

美国不愧是到处都是机会的国家，这次将拍摄在全球放映的电影大作，故事的主角是日本人，将通过试镜决定主角人选，也很欢迎默默无闻的演员参加试镜。直树立刻报了名，目前已经通过了资料审核。光是到达这一点，就已经很不容易了。

直树开始做梦。如果他通过了试镜，拍出的电影也在日本大红，他就能让那些之前不看好自己的人大吃一惊。当自己凯旋时，父亲不知道会露出怎样的表情。这是他最大的乐趣。

但是——

听了姐姐刚才说的话，他知道即使顺利通过试境，父亲也活不到电影公映的那一天。

2

直树坐在从成田机场开往都心的列车上，看着车窗外，沉浸

情人节终章

在自己真的回国了的感慨中。离开日本只有短短七年,目前所看到的也并不是特别熟悉的风景,但他还是觉得窗外的风景激起了遥远的记忆。

见到大家之后,第一句话要说什么?如果别人问及自己的近况,到底该怎么回答?最好还是不要说马上就会被识破的谎言,和虚荣的人打交道太累了。干脆实话实说,告诉大家自己目前很辛苦,工作没有很顺利,但自己还在努力。这样反而比较好。嗯,就这么办,不要打肿脸充胖子——他在内心决定好了原则。

抵达东京车站后,他立刻准备去搭新干线。接下来,他还要搭两个小时的新干线才能回到老家。

他走向窗口正准备买车票时,放在手袋里的手机振动了起来。他以为是贵美子打来的,没想到是一个陌生的号码。

"喂?"他接起了电话。

"直树吗?"对方问道。声音低沉而沙哑。虽然七年没听到这个声音,但他眼前立刻浮现出对方的面容。

"对。"

"是我,你听得出来吧。"

"对……爸爸。"

"没错,你目前人在哪里?"

"哪里……你为什么这么问?"

"回答我的问题。你在哪里？你是不是已经回到日本了？"

真一郎似乎知道直树回国的事。八成是贵美子告诉他的。直树只告诉贵美子，他今天会回国。

"在东京车站，准备搭新干线。"

"哦，是这样啊。你终于发现了吗？"

"发现？发现什么？"

"发现自己的梦想多么荒唐。没关系，你不必放在心上。人在血气方刚的时候，总是搞不清楚状况，每个人都以为自己是钻石的原石，我以前也——"

"等一下。"直树打断了真一郎的话，"你在说什么？荒唐的梦想是什么？"

"就是你以前吹的牛皮啊，你不是说，想去好莱坞出演电影吗？"

听到父亲说他吹牛皮，他顿时火冒三丈。

"这个梦想，我还在为之努力，我并没有放弃梦想。"

"哼。"电话中传来不屑的声音，"你不是放弃了吗？我以为你放弃了，所以才会满不在乎地回来。难道不是吗？"

"我怎么可能放弃。我先声明，我并不是因为失败才回国，而是姐姐拜托我回来参加你的庆生会，我才勉强搭飞机回来。参加完庆生会，我马上就要飞回去，我还有一个重要的试镜机会。"

直树这次听到了咂嘴的声音。

"我劝你放弃了吧,你这种人不可能通过试镜的,不如直接留在日本,找一份像样的工作。我会为你安排妥当的。"

"不必费心。不试试,怎么知道能不能通过试镜。"

"我已经知道结果了。能够在比赛中获胜的人,会做好万全的准备。胜利的女神会对在重要的比赛前回国的人露出微笑吗?"

"这是对千里迢迢赶回来为自己庆生的人该说的话吗?"

"我可没拜托你回来为我庆生,何况我都这把年纪了,生日完全没什么好高兴的。没关系,既然你回来了,就回家吧。我们见面之后好好聊聊你以后的事。"

"没必要。"直树把手机放在耳边,转身离开了窗口,"既然你这么说,我也没必要回去了。我直接飞回美国,回去为试镜做准备。"

"别做傻事了,这是浪费时间。"

"和你见面才是浪费时间。"直树说完就挂了电话,大步走向刚才下车的车站。他以为父亲也许会再打电话来,但他之后一直没听到铃声。直树当然也无意打电话给他。

他带着复杂的心情搭上了开往成田的列车,再度看刚才欣赏过的风景。他决定打电话给贵美子。电话很快就接通了。

"直树吗？看来你顺利回国了。你人在哪里？"姐姐看起来对爸爸联系直树这件事毫不知情，用开朗的语气问道。

"我刚才到了东京车站，现在正准备回成田机场。"

"啊？怎么回事？发生什么事了？"贵美子纳闷地问。

"你去问爸爸就知道了。总之，我决定不回去了。"

"爸爸？到底是怎么回事？"

"你问爸爸就知道了，代我向大家问好。"

直树说完不等贵美子回答，就挂了电话。他把手机放回口袋，觉得自己应该再也见不到父亲了。虽然他对父亲直到最后都无法理解自己的梦想而感到遗憾，但是同时也冷静地觉得虽说是父子，但彼此真的合不来，只能说是没有缘分。

3

距离前一次回国的三周后，直树再度回到日本。和上次一样，他从成田机场到东京站，之后搭乘新干线。真一郎这次没打电话来。他当然不可能打电话来,因为他已经离开人世了。

两天前,直树接到了贵美子的电话。"爸爸死了,希望你可以回来参加守灵夜和葬礼。"之前他就听说父亲病情急速恶化,已经陷入病危状态,所以他已经做好了随时回国的准备。

回到家里,母亲聪代和姐姐贵美子正准备守灵夜的事,但看到多年不见的直树,还是问了很多问题。

"听贵美子说,你会回来参加爸爸的庆生会,我还很期待见到你。"聪代颇有怨气地说。

"我不是在电话中告诉姐姐原因了吗?"直树看向姐姐。

"关于这件事,我也有点搞不清楚是怎么回事。你对我说了之后,我问了爸爸,他什么都没说,只说叫我别管你。到底发生了什么事?"

"我到了东京车站,正准备搭新干线,接到了爸爸的电话。"

直树把三周前自己和真一郎的对话告诉了她们。

贵美子和聪代互看了一眼,偏着头说:"太奇怪了,爸爸为什么知道你回来的事?"

"不是你告诉他的吗?"

"我没告诉他,而且庆生会也是给爸爸的惊喜。"

听贵美子说,当天向父亲住院的医院借用了特别的房间,为父亲举行了庆生会。除了亲戚,她还邀请了一些老朋友,所以当天很热闹。

"接到你电话时,我正在为庆生会做准备,爸爸应该完全不知道。"

"可能有人告诉他了吧。"

"我觉得不可能,而且只有我和妈妈知道你要回来。"

"我可没有说。"聪代说。

"而且,爸爸怎么会知道直树的手机号码?"贵美子皱起了眉头。

"我以为这也是你告诉爸爸的。"

直树去美国之后,只有贵美子知道他的手机号码。

"我没告诉他,他也没问过我。"

"那到底是怎么回事?"

"正因为不知道,所以我才觉得奇怪啊。"

的确很奇怪。真一郎到底使用了什么魔法?

还有一件奇怪的事。真一郎为什么会在那个时间点打电话?如果没有接到那通电话,直树应该就会回家。真一郎想要当面对直树说教的话,完全可以等他回家后再说。

"直树,试镜的结果怎么样?"贵美子问。

这是直树最不想被问到的事,他耸了耸肩说:"落选了。"

姐姐露出失望的表情说:"是这样啊。"

"虽然进入了最后一轮选拔。"

他说了谎。其实他在最后一轮选拔之前就被刷了下来。他不知道原因,负责选拔的人也不会向他说明落选的原因,他们只挑选需要的人选。他们觉得这部电影不需要直树,就这么简单。电影的制作人原本希望由日本人来演日本人的角色,直树兴奋地以为这一点对自己很有利,但结果只有韩国人和中国台湾地区的人进入了最后一轮选拔。

他很受打击,迟迟无法恢复过来。不,现在仍然没有恢复过来。他不想做任何事,每天碌碌无为,开始觉得自己也许该放弃成为演员的梦想了。就在这时,直树接到了真一郎的噩耗。

4

真一郎是当地的名人,所以守灵夜的规模盛大。守灵夜的丧宴简直就像是小型宴会。母亲聪代忙着招呼地方上的乡绅名流和公司方面的人,忙得一刻都不得闲。直树虽然是长子,但因为离家多年,不需要张罗这些琐事,他对此感到有点愧疚。

当这些人离开后，亲戚都纷纷围在直树他们这些家属周围。他们热情欢迎离家七年才回来的度会家长子。大家都知道他在美国学演戏，也知道真一郎直到最后都没有谅解他。他们问了直树的近况，直树也老实回答，说仍然过着居于人下的生活。

"直树，你没问题的。你是度会家的长子，一定会成功的。"真一郎的堂哥语气坚定地说。

"是啊，因为你继承了度会家的血统。"姑姑也表示同意。

直树苦笑说："如果靠血统就可以成功，人就不需要这么辛苦了。"

没想到真一郎的堂哥一脸严肃地摇了摇头说："不要小看度会家的血统，真正的比赛现在才开始。度会家的继承人都会在前一任家主辞世之后开始发挥本领。直树，你应该也听过水晶佛珠的事吧？"

"哦……是啊。"

"真一郎去世之后，水晶佛珠就由你继承，希望你可以创下丝毫不比历代家主逊色的成就。并不一定要事业成功，或留下巨额的财产，你只要贯彻自己的原则，无愧于度会家长子的身份就好。如此一来，你必定会有成就。这就是水晶佛珠的力量。"

听了这番振奋人心的话，直树默然无语，轻轻点了点头。

水晶佛珠是度会家代代相传的宝物。当家主辞世后，水晶佛珠就会传给继承人。据说佛珠有神秘的力量，让度会家累积财富，化解危机，但只有继承人知道如何才能激发这种力量。

"直树，你是不是怀疑佛珠的力量？"

直树抓了抓头："老实说，的确是这样。我想佛珠应该只是象征，提醒我要有身为度会家长子的使命感吧？"

"不是，不是。"周围的亲戚纷纷摇头。

"你根本不了解状况。"

"没想到你竟然这样看佛珠。"

"才没有这么简单呢。"

每个人都很受不了地说。

"你听我说，"真一郎的堂哥在亲戚中德高望重，他再度开了口，"直树会这么想也情有可原，但是，每一代家主都这样。继承了佛珠的人，从那天开始就会改变，变得很有气魄，运气也很好。真一郎也一样。虽然这么说不太好，但他年轻时很胆小，没想到在继承佛珠之后，他整个人都变了，变得大胆，似乎无所畏惧，而且运气很好。在商场上，他曾经好几次挑战一辈子难得有几回的大项目，每次都获得了巨大的成功。他一旦决定要挑战，就完全不听旁人的劝阻。"

"我们的爸爸也一样，"姑姑说，"直树，就是你的爷爷。他的运气也很好。虽然他个性很踏实，但他在人生只此一次的重要场合获胜，得到了财富。听说我们的祖父也是这样的。度会家的长子得到水晶佛珠后，在紧要关头都不会输。这绝对不是巧合。"

直树不太相信，但并没有否定他们的话。他觉得在这些相信佛珠力量的老人面前说什么都是白费口舌。

"虽然有佛珠的力量加持，但人还是无法战胜疾病。"另一位男性亲戚深有感慨地说，"真一郎应该希望自己活久一点，他一定很不甘心。"

聪代听了之后插嘴说："不，这倒没有，他还说很庆幸自己得的是癌症。"

"怎么回事？这句话是什么意思？"

"他说，人终有一死。寿终正寝最理想，否则就希望得癌症。能够在感受所剩无几的生命同时，慢慢走向死亡也不错。他最不希望因为脑梗死或蛛网膜下腔出血导致昏迷，然后就这样死去。他因此一直很小心预防脑部疾病。"

直树也知道这件事。父亲生前一直说血压高对大脑不好，一直减少摄取盐分高的食物。

"他也很小心地规避意外事故。"贵美子说，"尤其是车祸。他说搭飞机或乘船并不可怕，但乘车很可怕。在搭飞机或乘船时，即使中间发生意外，人也不会即刻死亡，但车祸就不给人任何缓冲的时间,甚至让人瞬间死亡,所以最讨厌。"

大家都笑了起来。

"他的价值观真奇怪。"

"看来他对死法很讲究。"

"他在工作上这么有成就,难免有些奇怪的习惯。"

大家纷纷说道,聊天的主题也渐渐偏离了水晶佛珠。直树听了,暗自松了一口气,因为他最怕大家聊到身为度会家继承人的责任和义务。

5

吃完丧宴,只有几个人留在殡仪馆。今天晚上只有家属会在这里过夜。直树走向举办葬礼的会场,发现贵美子坐在棺材前的铁管椅上。

"辛苦了。"直树说完,坐在了姐姐身旁。

"你也辛苦了。"姐姐回答,"你什么时候回美国?"

直树低吟了一声:"还没有决定,但要等葬礼办完之后。"

"是呀。反对你当演员的爸爸已经死了,你应该更能够好好努力了吧?"

"之前也从来没有在意爸爸的反对,而且,"他又接着说了下去,"虽然会先回美国,但我觉得可能差不多了。"

贵美子惊讶地看着他:"你是说要放弃当演员吗?"

"嗯,差不多就是这个意思。我努力了七年,发现了很多事,光靠努力是无法在那个行业获得成功的。当演员需要有某些与生俱来的东西,可惜我并没有。"

"你怎么了?竟然说这种泄气的话。当初离家时,你不是野心勃勃吗?"

"我终于了解了现实,就好像奥运会的百米赛跑项目从来没有日本人获得金牌。"

"你不是有佛珠吗?那串水晶佛珠有神奇的力量,以后它就属于你了。"

直树耸了耸肩,皱着眉头说:"你相信那些话吗?"

"但爸爸也是在爷爷死了之后好像变了一个人,我也明显感觉到了这一点。在那之前,他根本不是那么有气魄的人。那时候你还小,可能不记得了。"

"我真的不记得,从我懂事起,爸爸就是那种有气魄的人。"

直树抬头看着放在祭坛上的遗照。因为打高尔夫球而晒得黝黑的真一郎霸气地坐在那里，撇嘴的表情好像他随时会挖苦人，但他可能觉得自己在笑。

"直树，"后方传来叫声，聪代走了过来，"已经过半夜十二点了。"

直树看了看手表。没错，指针指向半夜十二点零三分。"怎么了吗？"

聪代打开带来的皮包，拿出一个紫色袋子和信封。

"规矩是要在守灵夜的半夜十二点后交给你。"

直树站了起来，接过母亲递过来的两样东西。拿出装在紫色袋子里的东西，发现那是水晶佛珠。

信封上用毛笔写着"遗嘱　度会直树启"。

直树觉得腋下冒汗，他想不到该说什么。

"贵美子，"聪代叫着女儿的名字，"让直树一个人在这里吧。"

"嗯。"贵美子点了点头，站了起来，瞥了直树手上的东西一眼，之后默默走向出口。

"你可以在爸爸身旁好好看这封信。"聪代看着棺材说，"我们不会打扰你。"

"这上面写了什么？"直树指着信封问。

聪代无奈地扑哧笑了起来。

"这种事，我怎么会知道？但是——"聪代恢复了严肃的表情，继续说道，"我相信上面写了对你人生很重要的事，这一点不会错。"

"叫我相信佛珠的力量吗？"

"有可能。"聪代一脸严肃地回应了儿子的讽刺，说完她就走了出去。

直树再度在铁管椅上坐了下来。信封用胶封了起来。

他抬头看着遗照，真一郎一脸悠然的表情，好像在对他说要认真看。

直树深呼吸后，用指尖抓住信封角，然后小心翼翼地撕开了信封。

他取出了折起的信纸。反正不会写什么重要的事——他虽然这么想，但仍然感觉心跳加速。他缓缓摊开信纸。

信纸上是真一郎亲笔写的字。开头就写着："这是度会真一郎的遗嘱，只有一个人——度会直树可以看这份遗嘱。"空了一行后是"直树"的名字。直树想要吞口水，却发现自己口干舌燥。

情人节终章

素敵な日本人

直树：

　　不知道你目前带着怎样的心情看这份遗嘱，你是不是以为我一定会长篇大论地对你说教，也可能紧张地以为我要和你谈极其无聊的精神论，已经感到很受不了了？

　　但是，你不必担心，这份遗嘱不会写这些东西。度会家对每一代继承人说的话，完全不同于这些东西。

　　简单地说，这份遗嘱就是使用说明书。

　　我想应该不需要说明是什么东西的使用说明书了，当然就是水晶佛珠的。我必须告诉你要如何使用水晶佛珠。

　　我可以想象你泄气的表情。你一定在想，怎么又是这件事？我相信那些亲戚中已经有人告诉了你很多听起来像迷信和妄想的事。

　　但是，千万不要小看水晶佛珠，水晶佛珠绝对不只是护身符或象征，而是具备了明确力量的秘术珍宝，它的力量可以与巨额财富匹敌。不，如果从金钱无法买到的角度来看，它完全超越了巨额财富。

　　我所剩的时间不多了，而且也不喜欢卖关子，所以开场白就不多啰唆了。我要向你说明，水晶佛珠到底具有什么力量。

　　那就是让时间倒转的力量。

　　只要双手握住水晶佛珠，念一段咒语，你就可以回到过去。

用现代的话来说,就是穿越时空。这才是度会家代代相传的秘技,也是让家族繁荣的根源,更是摆脱困境的王牌。

我猜想你一定不相信,我在你爷爷告诉我时也完全不相信,但这件事千真万确。你爷爷靠这种力量在人生最大的买卖中赚了钱,因为他知道买卖的结果,所以回到过去投入了所有的财产。

但是,一辈子只能用一次这种力量,也只能回到过去一天。一旦你使用之后,到死之前,别人无法再次使用。

你可以自由决定什么时候用,如何使用。如果想用在买倍率超过一百倍的赛马券上,也没有问题,也可以留到走投无路,身陷生命危机时使用。

你可以好好思考如何使用这种力量,当你发现这种力量真正的美妙之处时,你必定会成为更了不起的人。

我当然已经用过,在人生中最重要的时刻使用了这种力量。在此就不详述了,说了就没意思了。

废话不多说。我建议你和我一样,用遗嘱的方式把这种力量传达给继承水晶佛珠的人。

我会在文末写上咒语,祈祷你能有意义地使用这种力量。

度会真一郎

6

在举行了比守灵夜更隆重、盛大的葬礼的第二天早晨,直树离开了家,出发前往美国。贵美子和聪代送他到门口。

"整理房间和办理相关手续可能需要一周左右。等我处理完所有的事,我会再和你们联络。"

"你处理完之后,就会马上回来吗?"聪代问。

"目前是这么打算的。"

"你回来之后,有什么打算?"贵美子露出意味深长的眼神,"去爸爸留下的公司上班吗?"

"这也是选项之一,这样不好吗?"

"不是不好,"姐姐摇着头,"只要你喜欢就好。"

"你不必担心,我不会靠父亲的遗产游手好闲的。"

"我才不担心这种事,只是希望你不会后悔。"

姐姐的话刺进了他的心里,但他努力不让这种痛苦表现在脸上。

"那我走了。"他对母亲和姐姐说完后,走出了家门。

来到车站后,他搭上了在来线,幸好车上没什么人,他独占了四人座的包厢。

到可以转新干线的车站差不多还要二十分钟。他打开旅行袋,拿出塞在内袋里的信封,就是那封遗嘱。他已经看了超过十次,几乎记住了所有的字,但还是忍不住一次又一次重复看。也许是想确认这并不是一场梦。

看完之后,他叹了一口气。每次都这样。

信上写的内容是事实吗?这份遗嘱是真的吗?遗嘱上的字当然是真一郎的笔迹,而且父亲也不会开玩笑或说谎写这些内容。不,不光真一郎,应该没有人会在自己的遗嘱上写一些好像梦话的谎言。

也就是说,这是事实。水晶佛珠真的有让人回到过去的力量吗?

遗嘱的最后写了十六个片假名,那似乎就是咒语。虽然他不了解这十六个片假名的意思,但这几个字也不长,他要记住并不费力。应该说,他已经记住了。

他把遗嘱放回旅行袋,摸了下夹克的口袋。口袋稍微鼓了起来,里面放着水晶佛珠。

这件事令人难以置信。可以回到过去一天——真的有办法做到吗？他很想试一试，但一辈子只有一次，他不能轻易浪费机会。

然而，如果遗嘱上的内容是真的，很多事就有了合理的解释，也可以说明亲戚里的老人家和贵美子所说的，原本胆小的真一郎为什么突然变得大胆，而且运气也变得很好。

即使赌输了，只要回到过去，就能够改变结果。如果没有失败，就可以保留佛珠的力量。也就是说，虽然在旁人眼中是一辈子难得一见的大赌局，但对当事人来说，并不是这么一回事。

听说爷爷在一辈子最大的买卖中大赚了一票，之后就脚踏实地过日子了。按照遗嘱上所说，爷爷应该是当时使用了水晶佛珠的力量，之后只好乖乖过日子。

真一郎也在商场上多次下了很大的赌注。也许他觉得万一失败，就可以借助水晶佛珠的力量，但一直都没有派上用场，所以他才会多次挑战。

但是，真一郎到底什么时候使用了水晶佛珠的力量？遗嘱中只说提这种事没意思，所以不详述了。

遗嘱中还有一句让直树很在意的话。在提到水晶佛珠的用途时，真一郎说也可以留在走投无路，身陷生命危机时使用。

守灵夜，大家讨论了真一郎的奇怪想法。他说在搭飞机和乘船时，万一发生意外，人并不会即刻死亡，但在发生车祸时，人就可能会马上毙命，所以觉得很可怕。

如果真一郎相信佛珠的力量，就可以解释他为什么会有这种想法。当他所搭的飞机或乘坐的船发生意外时，他只要回到前一天，不搭那班飞机，不乘坐那艘船就可以了。但如果他遇上车祸当场死亡，佛珠的力量根本无用武之地。

他又想起真一郎很害怕罹患脑部疾病，很庆幸自己得了非脑部癌症。这应该也和佛珠有关。如果失去了意识，他就无法使用佛珠，所以他一定不想得脑部疾病，但罹患非脑部癌症不会让人马上昏迷，他就还有机会使用佛珠。

如果是这样，就代表真一郎在患癌病倒之前还没有使用过佛珠，但是他在遗嘱上明确写着他已经用过了。

直树越想越觉得有很多不解之谜。如果佛珠有这种力量，人的确能够壮胆，可以毫不犹豫地参与需要孤注一掷的大挑战。如果佛珠的力量只是传说，怎么办？有没有人以为使用了佛珠可以回到过去，结果什么都没改变？

直树摇了摇头。他觉得现在想这些事也没有用，最好不要相信佛珠的力量。

比起这种事，他更应该思考下一次回国之后该怎么办。放弃了做演员的梦想，他接下来该怎么办？去真一郎的公司上班似乎是更务实的选择。

直树终于到了目的地车站,他拿起旅行包下车,走去搭新干线。

直树来到了售票处,看到一个身穿西装,四十多岁的男人对售票窗口内的工作人员正大吼小叫。

"如果新干线按时运行,我们就可以顺利签约。是因为我们临时改变行程,生意才会被其他公司抢走。所以,归根究底是你们公司的错,难道是我说错了吗?"男人似乎很激动,说话也很大声。

"真的很抱歉。"售票窗口的男人向他道歉。

"如果你真的感到抱歉,就不要只是嘴上说说而已,而是赔偿我们!"

"我刚才已经说了,这有点困难……"

"但退票不是在这里吗?"

"是啊,但你说的并不是退票的问题。"

"先生,"另一个售票窗口的男性工作人员向直树打招呼,"请来这里买票。"

直树走向那个售票窗口,买了到东京车站的车票和自由席特急券。

刚才那个男人仍然在隔壁售票窗口前大声吼叫着。

"让您久等了。"售票窗口的工作人员把车票放在直树面前,说,"这是到东京车站的车票,这是自由席特急券。"

"算了!"身穿西装的男人吼道,"和你们没什么好说的,我去找站长。"他怒气冲冲地转身离去。

直树在付车票钱时小声地问:"发生什么事了?"

工作人员苦笑着说:"就是上个月的坠机事件。听说因为新干线停驶,他的生意无法顺利成交,所以他迁怒在我们身上。"

"坠机事件?"

"对啊,我们也是受害者。"

原来发生了这种事。他虽然平时向来很关心日本的新闻,但那时他在美国,完全不知道这件事。

直树在月台上等新干线时,拿出手机查了一下,很快就发现了相关新闻。一架民间的小型飞机坠落在新干线的铁轨上,这导致新干线双向线路全面停驶,被耽误的班次最多延误了六个小时。

直树又看了眼日期,忍不住大吃一惊。是上个月十五日,也就是真一郎庆生会的第二天。他原本打算那天一大早搭新干线去赶飞往美国的班机。

所以——如果那时候没有马上折返回东京车站,直树就赶不上飞往美国的班机,也赶不上那天的试镜了。

直树忍不住嘴角上扬。他不知道自己是运气好,还是运气差，如果真的没有赶上试镜，现在应该无法放弃成为演员的梦想，一定会懊恼；如果自己赶上试镜，一定会觉得自己本可以被选上，必定后悔不应该去参加父亲的庆生会。

想到这里，有什么东西在脑袋里闪过了。

真一郎为什么会知道自己将出席庆生会？为什么知道自己的手机号码？为什么会在那个时间点打电话给自己？

直树在口袋里摸了一下，拿出了水晶佛珠。

他发挥了想象力。也许真一郎在打电话给自己时，已经知道未来二十四小时内将发生的事。

独生子出现在妻女为他举办的惊喜庆生会上。久别重逢，虽然让人有点尴尬，但双方渐渐敞开了心房，相谈甚欢，真一郎也得知了儿子的电话。儿子参加完庆生会就离开了，准备回美国参加试镜，没想到遇上了意外，新干线停驶了。儿子无法回美国，失去了最大的机会——

不，真一郎不是知道，而是亲身经历了这一切。

真一郎看到儿子悲叹不已，使用了到目前为止的人生中从来没有使用过的秘术。他回到过去的一天，然后打电话给刚到东京的儿子，却无法向儿子说明实情。即使他说了，儿子也只会认为父亲脑袋有问题。所以他故意说那些惹人讨厌的话，把儿子惹得生气了。儿子一如他的预期，火冒三丈地飞回美国。

不可能有这种事，一定只是巧合——直树双手抱着头想。这些想法太离奇了，但是，他越想越确信这是唯一的可能。

果真如此的话，真一郎把这辈子可以创造的唯一的奇迹用在了儿子身上，为了让儿子实现梦想——虽然他那么反对。

直树感到内心涌起暖流。他想起了遗嘱后面的话：当你发现这种力量真正的美妙之处时，你必定会成为更了不起的人。他终于了解了这句话的意思。佛珠的力量并不一定要用在自己身上。

不能辜负父亲的遗志。不回报父亲，他认为自己就没有资格继承水晶佛珠。他为自己轻而易举地放弃梦想的愚蠢感到生气。

月台上传来广播声，列车即将进站。

直树拿出手机，急忙打电话给贵美子。

"怎么了？发生了什么事？"姐姐担心地问。

"我要改变原本的计划。"直树大声地说，"我要再挑战一次，所以暂时不会回日本。不，在成功之前，我绝对不回来。"

贵美子不知道说了什么，但直树挂上电话，然后大步走进抵达月台的列车。

全书完

SUTEKI NA NIHONJIN
©Keigo Higashino, [2020]
All rights reserved.
Original Japanese edition published by Kobunsha Co., Ltd.
Publishing rights for Simplified Chinese character arranged with Kobunsha Co., Ltd. through KODANSHA LTD., Tokyo and Kodansha Beijing Culture Co., Ltd. Beijing, China.

© 中南博集天卷文化传媒有限公司。本书版权受法律保护。未经权利人许可，任何人不得以任何方式使用本书包括正文、插图、封面、版式等任何部分内容，违者将受到法律制裁。

著作权合同登记号：字 18-2024-189

图书在版编目（CIP）数据

情人节终章 /（日）东野圭吾著；王蕴洁译．
长沙：湖南文艺出版社，2025.8. -- ISBN 978-7-5726-2462-9
Ⅰ . I313.45
中国国家版本馆 CIP 数据核字第 2025A8B929 号

上架建议：畅销·悬疑推理

QINGREN JIE ZHONGZHANG
情人节终章

著　　者：［日］东野圭吾
译　　者：王蕴洁
出 版 人：陈新文
责任编辑：夏必玄
监　　制：于向勇
策划编辑：布　狄
版权支持：金　哲
特约编辑：刘　盼
营销编辑：黄璐璐　时宇飞
装帧设计：沉清Evechan
版式设计：马睿君
内文排版：谢　彬
出　　版：湖南文艺出版社
　　　　　（长沙市雨花区东二环一段 508 号　邮编：410014）
网　　址：www.hnwy.net
印　　刷：三河市天润建兴印务有限公司
经　　销：新华书店
开　　本：855 mm×1180 mm　1/32
字　　数：172 千字
印　　张：9
版　　次：2025 年 8 月第 1 版
印　　次：2025 年 8 月第 1 次印刷
书　　号：ISBN 978-7-5726-2462-9
定　　价：59.80 元

若有质量问题，请致电质量监督电话：010-59096394
团购电话：010-59320018